『湖畔のマリニア』

（こいつだ。首領）
その騎馬隊の先頭にたつ一騎。（76ページ参照）

ハヤカワ文庫JA
〈JA818〉

グイン・サーガ⑭

湖畔のマリニア

栗本 薫

早川書房
5723

Marinierre by a mere

by

Kaoru Kurimoto

2005

カバー／口絵／挿絵

丹野　忍

目次

第一話　雲流れるはてに……………………一一
第二話　スーティ……………………………八三
第三話　湖畔の一夜…………………………一五九
第四話　ミロクの村で………………………二三三
あとがき………………………………………三〇九

湖畔に咲いた小さなマリニア
誰にも知られず咲いていた
小さな風が吹いてきて
白いマリニア揺らしてる
あの子はだあれ　この風は
遠い都に届くやら

マリニアの子守唄

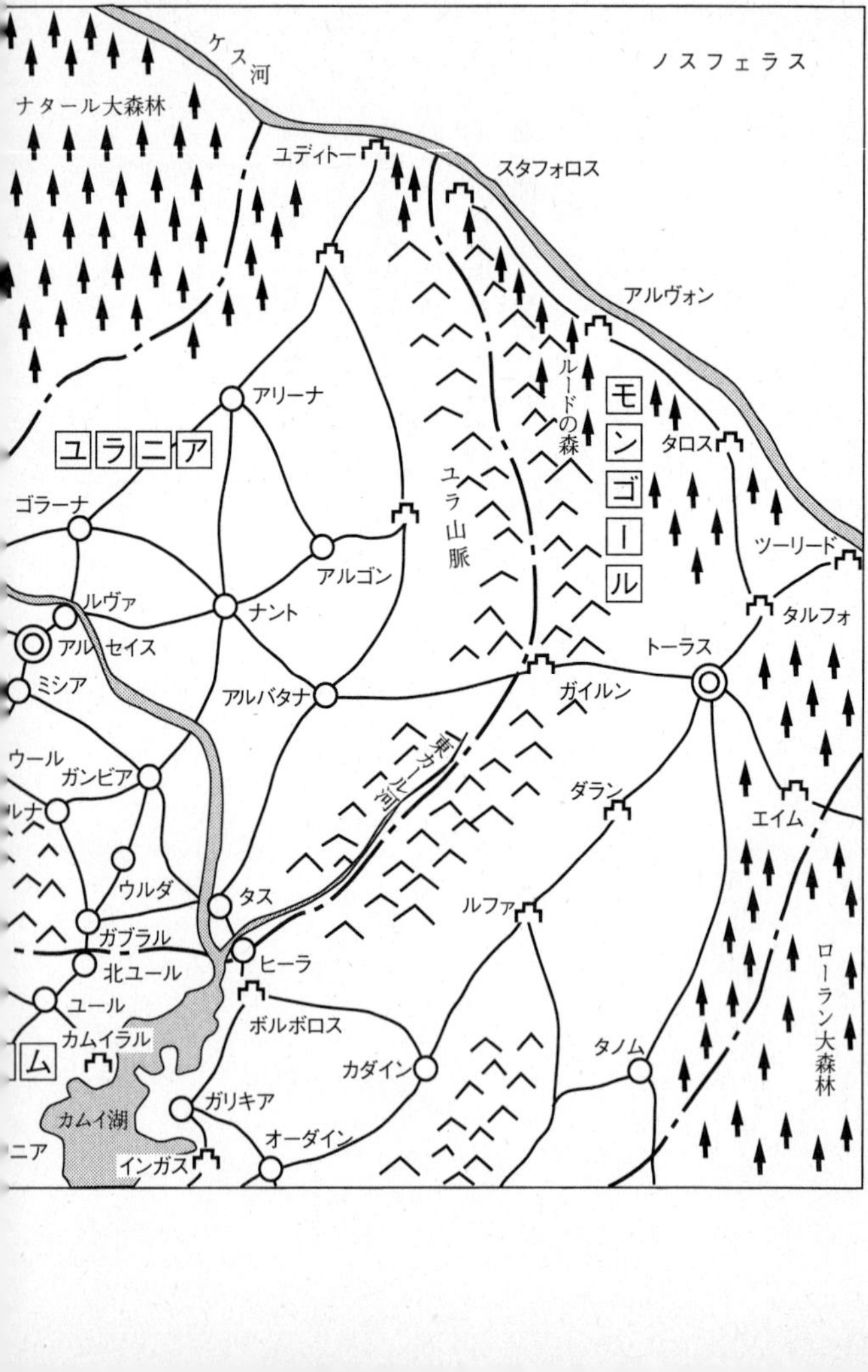
ケス河
ノスフェラス
ナタール大森林
ユディトー
スタフォロス
アルヴォン
ルードの森
モンゴール
ユラニア
アリーナ
タロス
ユラ山脈
ゴラーナ
ツーリード
アルゴン
ルヴァ
ナント
タルフォ
アルセイス
トーラス
ミシア
アルバタナ
ガイルン
東カール河
ウール
ガンビア
ダラン
ルナ
エイム
ウルダ
タス
ルファ
ガブラル
ヒーラ
北ユール
ローラン大森林
ユール
ボルボロス
カムイラル
ム
タノム
カダイン
ガリキア
カムイ湖
オーダイン
ニア
インガス

〔中原拡大図〕

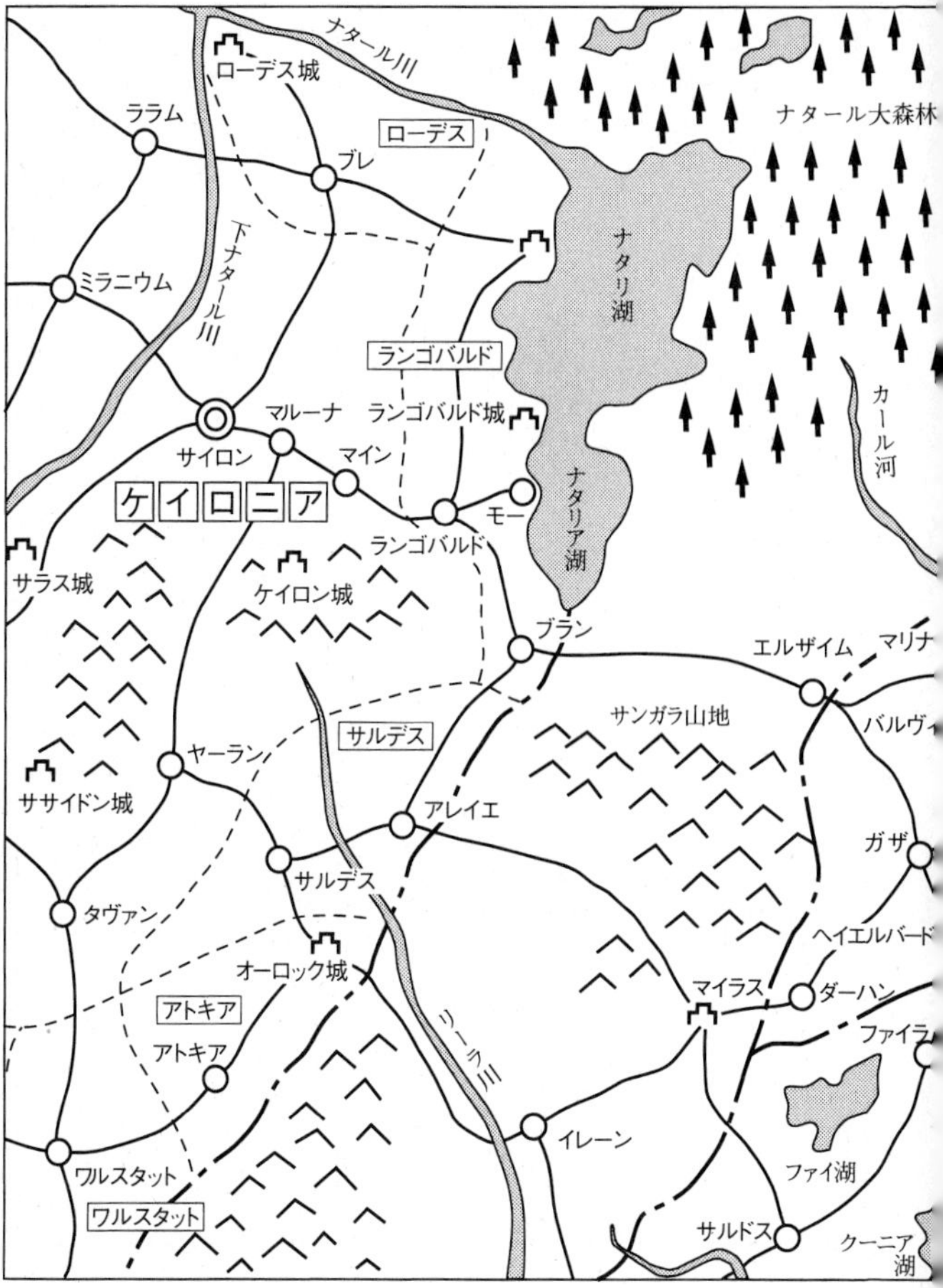
ナタール川
ローデス城
ララム
ローデス
ブレ
ナタール大森林
ナタリ湖
ミラニウム
下ナタール川
ランゴバルド
マルーナ
ランゴバルド城
カール河
サイロン
マイン
ケイロニア
モー
ナタリア湖
ランゴバルド
サラス城
ケイロン城
ブラン
エルザイム
マリナ
サンガラ山地
バルヴィ
サルデス
ヤーラン
ササイドン城
アレイエ
ガザ
サルデス
タヴァン
ヘイエルバード
オーロック城
マイラス
ダーハン
アトキア
ファイラ
アトキア
リーラ川
イレーン
ワルスタット
ファイ湖
ワルスタット
サルドス
クーニア湖

〔中原拡大図〕

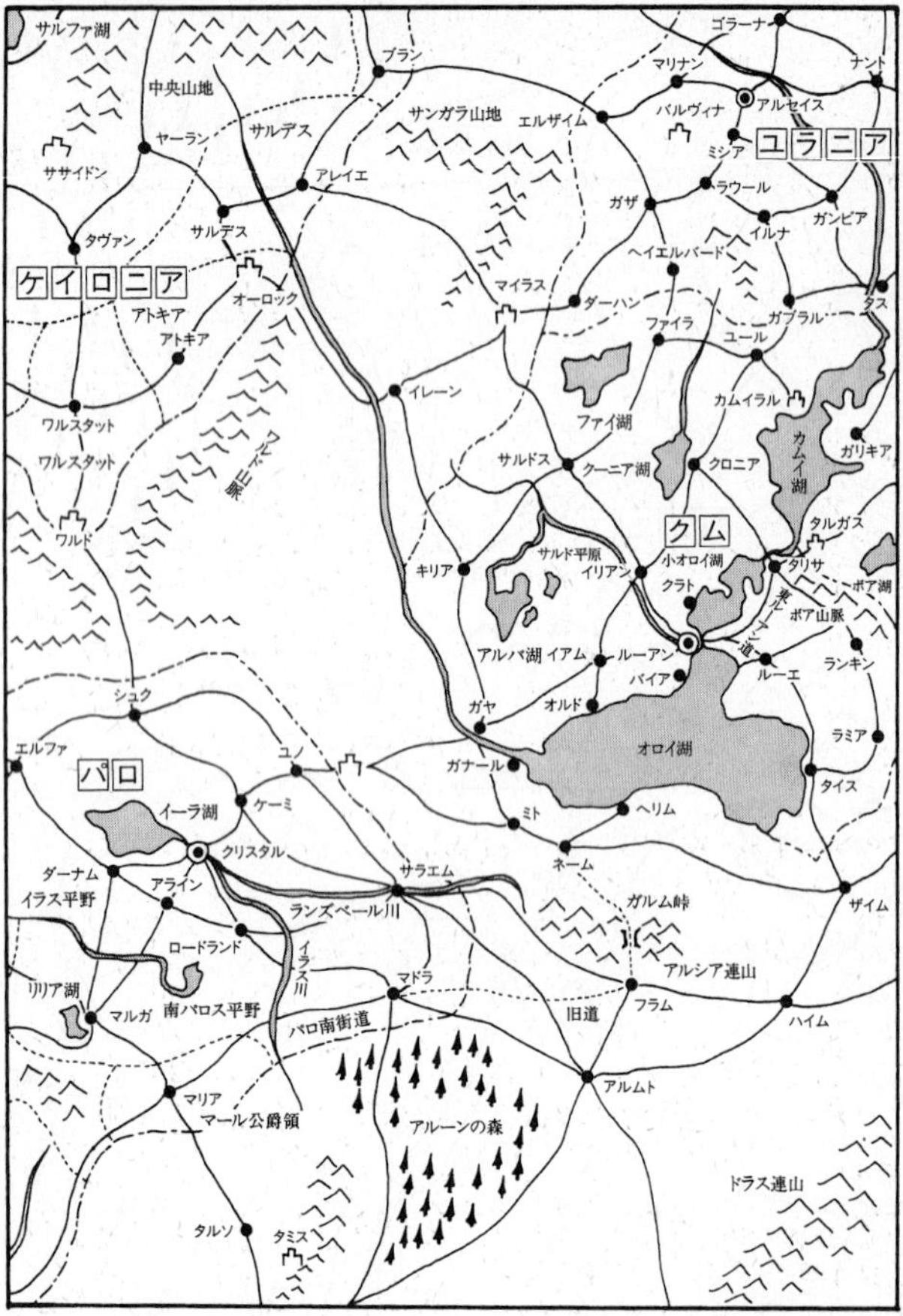
サルファ湖
中央山地
ブラン
サンガラ山地
エルザイム
マリナン
ゴラーナ
ナント
パルヴィナ
アルセイス
ミシア
ユラニア
ヤーラン
サルデス
ササイドン
アレイエ
ラウール
ガザ
イルナ
ガンビア
サルデス
タヴァン
ヘイエルバード
ケイロニア
オーロック
マイラス
ダーハン
ファイラ
ガブラル
タス
アトキア
アトキア
ユール
イレーン
カムイラル
ワルスタット
ファイ湖
カムイ湖
ガリキア
ワルスタット
ワルド山脈
サルドス
クーニア湖
クロニア
ワルド
クム
タルガス
サルド平原
イリアン
小オロイ湖
タリサ
キリア
クラト
ボア湖
東ルーアン道
ボア山脈
アルバ湖
イアム
ルーアン
ランキン
バイア
ルーエ
シュク
ガヤ
オルド
ラミア
エルファ
オロイ湖
ユノ
ガナール
パロ
タイス
ケーミ
イーラ湖
ヘリム
ミト
クリスタル
ネーム
ダーナム
サラエム
イラス平野
アライン
ガルム峠
ザイム
ランズベール川
ロードランド
イラス川
アルシア連山
マドラ
リリア湖
マルガ
南パロス平野
旧道
フラム
ハイム
パロ南街道
アルムト
マリア
マール公爵領
アルーンの森
ドラス連山
タルソ
タミス

湖畔のマリニア

登場人物

グイン……………………………………………ケイロニア王
マリウス…………………………………………吟遊詩人
ローラ……………………………………………ミロク教徒の女
スーティ…………………………………………ローラの息子
ヒントン…………………………………………ガウシュ村の村長
ニナ………………………………………………ヒントンの妻

第一話　雲流れるはてに

1

(青い花が咲くころに　もう一度君に会えるよ)

やわらかな、青紫の空のもと――

さわやかな風と、あたたかな日の光に誘われるように、澄んだ甘やかな歌声が木々のあいだに響いていた。

(花がつぼみをつけるころ、はじめて出会った　君にまた会えるよ　あの森はずれの湖のほとりで)

(青い花が咲くころに　また僕はやってくるだろう　花かざりをつけた白い馬がひく車に乗って)

(青い花の下で　くちづけをかわそう　あの日の約束　忘れないなら)

優しいのびやかな歌声が楽しげに響いてゆくのを、きいているものは、草の上に座っているものたちのほかには、ひっそりとしずまりかえった山あいの静かな小さな草原と、その草原の花々の上をぶんぶんと、眠気をさそうような羽音をたてながら飛び回っている小さな蜂どもだけのようにみえる。遠くから、かすかに鳥の声もおりおり聞こえてはくるが。

どこかでちろちろと水音が聞こえるのは、森かげにささやかな小川でもあるのだろう。気候もよく、風もさわやかで、一年で一番美しい季節——といいたくなるようなおだやかなあたりのようすは、誰も知らぬこの世の楽園ともいうべきであった。ゆたかな花々、木々、草々、そしてひっそりとしずまりかえった山ひだ。

ちょっと見には、見渡すかぎり人家のあるようすもない、深い山の中のようにみえるが、ここはもう、ちょっと実際にはユラ山系のもっとも奥深い山深いあたりはすぎている。少し高みにのぼって見下ろせば、木々のあいだに、ささやかな集落の屋根のてっぺんが、確かに木々とは違った輝きを見せているのが、馴れたものの目なら見分けられるだろう。

ガイルンの砦をずっと東にみて、山々のあいだをぬけ、実際には旧ユラニア領内に入りながら確実に南下して、もうちょっとゆけばまもなくアルバタナの南の、ユラニア平野のはずれにさしかかってくる、という微妙なあたりであった。

といってもまだ、このあたりは山岳地帯の端っこだ。もうあと数日も見捨てられた旧街道を歩き続ければ、しだいに山々は下りだけとなり、やがてたいらかななだらかなユラニア平野の風景もひろがってくるかもしれないが、そのままもうちょっと東寄りに進路をかえれば、まだしばらく、さほど高くはないけれども山岳地帯が続く。厳密にいえば国境はその山のちょうど中心くらいを走っているから、自由国境地帯というわけではない、国境の東はモンゴール、西は旧ユラニア、どちらにせよいまはゴーラ王国の領土内、ということになるわけだが、まだもう数日分は下ってゆかないと、人家がたくさん見られるような場所には出ないだろう。中原の北東部は、中原の南半分とはうってかわって人口密度の低い、ひろびろとどこまでも山岳地帯や森林がひろがっている地方なのだ。

それでも、そのあまり住むものとてもない寂しい山岳地帯にも、本当に奥まったユラ山系とは違って、このあたりまでおりてくれれば、山あいに数軒の家々がひっそりと身をよせあうようにしてたっている、小さな集落がいくつかあるところもあれば、また旧街道の川沿いなどには、小さいながらも宿場のようなものもある。そのあたりに住むものたちはだが、自給自足の開拓民ばかりだ。一生、中原の中心部でどのような事件がおき、いまはいったい誰がどこの支配者であるのか、というような情報をさえ得ることもないまま、この深い山と森のなかに生まれ、そこで大きくなり、そこしか知らぬままに隣の家の子と結婚して隣の家に暮らすこととなり、そして子供を産み育てながら年老いてゆく——というような、本当にこの山あいをしか知らずに終わるものがほとんどなのだろう。

なかには、それをいとうてもっとにぎやかな都会へと出ていって、帰ってこぬものもあるに違いない。だが、基本的には、開拓民たちは、おのれの暮らしに満足している。都会に出ればさまざまな誘惑や危険が待ちかまえている。農民として耕して暮らしていればたえず国に年貢をおさめたり、地主に小作料を支払うことで血眼になり、その年その年の作物の出来高で心を悩ませていなくてはならぬ。自由開拓民でいれば、すべては自給自足、貧しいながらも自由に、それなりに満足して生きてゆくこともできる。いまの世の中、すべての国々が安定して、ゆたかに栄えているような状態からは程遠いだけに、かつてはそうした都会に暮らしていたものたちがその暮らしにいやけがさして、何家族かでかたらって、自由開拓民となってこういう山深い、ほかに人里とてもない、一番近いもうひとつの集落までは徒歩で半日もかかるようなあたりへ引っ込んで暮らしはじめる、というようなものたちも決して少なくない。

おそらくは、この深い山ひだに遠く小さくうずくまっているように見えるあの小さな屋根のいくつかも、そういうふうにして何代かこの山あいに暮らしてきた、自由開拓民たちの集落なのだろう。

（青い花の散るころに　僕は行ってしまう　風のように古い歌を口ずさみながら　だけど泣かないで　青い花の思い出は君の胸のなかにいつまでも残るよ　青い花の思い出は

君の晴れ着の胸に）

　さいごの和絃をかなでおえて、歌い手はにっこりと、聞き手たちに笑いかけた。

「さあて、もうそろそろ行かなくちゃあ。ここから戻るまでのあいだに日が暮れちゃうと困るからね。連れがおなかを減らして待ってるんだ」

「なんだ」

　頑丈なごわごわした布地のスカートのすそをはたいて、草の上から身をおこしたのは、あまり若くない、だがまだ本当に年老いているとはいえないような年頃の、いかにも自由開拓民らしい格好をした女であった。そのとなりに、まだこれは少女といっていい年頃の娘がひとり。どちらも頰が赤く丸く、身なりも粗末で、あまりよいきりょうとはいえない。

「もういっちまうの。今夜はうちで泊まってあったかいものでも食べてゆけばいいのに」

「そうよ、父さんも母さんも歌は好きだから、あんたみたいなうまい吟遊詩人なら、とっても歓迎してくれるわよ、マリウス」

「ただし、母さんに手を出したら父さんにオノでぶち殺されるかもしれないけどね。何年か前にまわってきた吟遊詩人が、勘違いして、うちの女衆全員で商売しようとして、父さんにオノで頭をぶち割られて、裏の崖から捨てられたからね」

「その落っこちたあとにはとても大きなブナの木が生えたわよ。きっと、あの死体がいい肥料になったんだわね」

少女と年かさの女とは、顔を見合わせてけらけらと笑い声をたてた。

「すごいことを云うなあ」

さりげなく受け流しながら、身繕いをはじめようと立ち上がったのは、すらりとして、それほど大柄ではないが、きわだってきりょうのいい、可愛らしい顔をした吟遊詩人のなりの若者であった。栗色の巻毛が吟遊詩人の三角帽子の下にはみだし、かるく背中のところでひもで縛ってまとめてある。男にしてはびっくりするほど大きな陽気な輝きをたたえた目も茶色で、いかにもお茶目な感じをあたえる。

「大丈夫だよ、ぼくはきょうのところはそんなに焦って商売する予定はないんだから。きょうはもうあんたたちだけで充分だよ、もらったお弁当だけでいい。じゃあ、どうもありがとう。さいごの歌はおまけにしておくからね」

「あんた、いい声だわよ」

年上の女が云った。

「それに、そんな可愛い顔してるのに、あっちも強いのねえ。――うちに泊まってしばらくこの村で商売したらどうなの、けっこうたくさんあんたを買いたい女はいると思うわよ。この村はいま、全然若い男が足りないからさ。みんな、傭兵になりに出ていっちまうんだもの。だからこの村はいま、やもめ女ばっかり。——若い女はこのマナくらいよ。マナだって、きょうびあんたがこうやって渡ってこなかったら、いつ男を知ることが出来たか、わかったもんじゃないわ」

「どうして、それでもこんな人里はなれた山の中で暮らしていたいのか、ぼくにはわかんないけどね」

マリウスは——その茶色の目の若者はむろん、吟遊詩人のマリウスであった——ちょっと肩をすくめて云った。

「きみたちの人生だから、かまわないようなもんだけど。もうちょっと、町方に近いほうにゆけば、もっとずっときれいな着物も売ってるし、いい男だってたくさんいるんじゃないの？　第一、さびしいだろう」

「あたしは生まれたときからここしか知らないんだもん」

マナが口をとがらせて云った。

「第一あたしみたいなぶきりょうな女の子が都に出たところで何が出来るっていうの。いい仕事口だってありゃあしないよ。それにカーラの父さんは、ちょっとわけありでね。もうトーラスには戻れないのよ。だから、十年くらいまえに、カーラとカーラの母さんと、それにテスとハンスを連れて——ああ、あとばあちゃんたちもいたんだっけ、車に荷物をいっさいがっさい積んで、うちのおとうを頼ってこのヒルガムの集落を探しあててきたんだわ」

「そうなんだ」

「ハンスは十七になるなり、こんな何にもないとこいられないっていって出てっちまったけどねえ。あたし、子供のころは、ハンスとつがいになるもんだとばかり思ってたけど。それででも、ヒルガムには若い男、ひとりもいなくなっちまったしね。——まあ、そのうち戻ってくるやつもいるだろうけど」

「まあ、でも、このあたりは静かでいいところなんだろうね」

マリウスはお世辞をいった。なんといってもこの隣どうしの女たちは、マリウスを二人して、貯めた小遣いを出し合って買ってくれた上に、食べ物も飲み物も豊富に持ってきてくれ、その上に、古いキタラまでも譲ってくれることになったのだった。

「このキタラのおかげで、また旅が続けられるよ。——どうもありがとう、カーラとマナ。もしまたご縁があったら、またこのヒルガムの近辺を通りかかったら声をかけるからね」

「ありがと。あんたいろいろ楽しませてくれたし、あたしは嫁にゆきそうもないから、また待ってるわよ。マナもそうかもしれないけど、マナはハンスが戻ってきたら、ハンスの嫁になるだろうけどねえ」

「元気でね。あんたたちと会えて、楽しかったよ」

マリウスはキタラを背負い、帽子をかぶりなおし、そして二人の田舎女がくれた、食べ物がたくさん入った籠をきちんと持ち直すと、陽気に片手をふって、つかのま出会った女たちに別れを告げた。女たちが上体をおこして、いつまでも名残惜しげにマリウスを見送っている視線を感じながら、たまにふりむいて手をふりつつ、しだいに足をはやめて森かげの道に入る。二人が見えなくなると、少しマリウスはほっとした——ずっと見送られているのに少し疲れてきたのである。

「いったい、あれはどういう人生なんだろうなァ」

マリウスは低くひとりごちた。

「こんな深い、それこそ隊商も巡礼も通らないような山のなかに小さな小さな、五、六戸しかない集落をかまえて、そのなかだけで身をよせあって暮らすなんて。——ちょっとでもにぎやかな町らしいとこに出るなら、このあたりなら、アルバタナまで北上するのかな。それともルファへ下るのか——でもルファへ出るにはもうひとつ山をこえなきゃならないだろうし、第一ルファは砦で、たいした店屋もないはずだ。それはボルボロスも同じだろうけど。——ということはやっぱり、アルバタナかな。いっそ足をのばしてトーラスまでいっちゃうのかな。ここからトーラスだったら、女の足で旧街道を歩いてだったら、早くて四日はかかりそうだ。往復で八日か。そりゃ、大変な旅になっちまうな。……ということは、トーラスに出るのなんて、何年に一度あればいいほうってことかあ」

あたりはまた、誰ひとり人間の姿もない、鳥の声と虫の声だけがきこえるしんとした山々になっている。マリウスは、ようやく手にいれたキタラをいとしげになでてやると、そのままままた細い道を急いだ。

「来る日も来る日も隣近所の知った顔しかなくてさ——どこにいったたって山また山。うわあ、ぼくには想像もつかないような暮らしだな。そりゃぼくもずいぶんいろんなところを通るけれど、それはあくまで、通るから——通り過ぎてゆくんだからいいんであって、そこで一生を暮らすなんて問題外だものなあ……うまいものだって食えないだろうし、にぎやかでさわがしい廓だって……うわあ、どうも、そっちはぼくには我慢できそうもないな。それほど女遊びがしたいなんてわけじゃないけど、ぼくにとっては、あの廓のにぎわいや、不夜城というべき夜の明るさ、輝き、酔い痴れたひとびと、化粧したけばけばしい女たち——それのかもしだす情緒こそがとても懐かしく慕わしい。ずっとそこにいたいとも思わないけど、それが全然なくてこんな山のなかにぽつりとたてこもって暮らしているなんて……わあ、たまらない」

ぶつぶつ云いながら、マリウスはしばらく歩いていったが、やがてひとりごとを云っているのにも飽きたとみえて、つとキタラを背中から前にまわすようにかかえおろすと、かわって籠を左のひじにひっかけ、そのまま右手でぽろぽろとキタラにさわりはじめた。

「まあ、そりゃ、オルフェオが愛した名器《エウリカの銀のキタラ》なんてわけにはゆかないけど、それでも弾くのは名手たるぼくなんだし、なんとかなるだろう。オルフェオ、楽器を選ばずっていうことわざもあるしなあ。――それにとにかく、ずっとずっとキタラとひきはなされていたあとだから、ただこんな古いおんぼろのキタラがあるってだけでも、なんだか本当に嬉しい楽しい心持がする。――ぼくって本当に、キタラが好きで好きでしょうがないんだなあ」

つぶやきながら、なおもキタラに触っていたが、そのうちその器用で細い指先が、ごく自然に和絃をいくつかかなではじめた。左の腕に食べ物を満載した重たい籠をひっかけているから、さして複雑なことはできない。せいぜい、合いの手にぽろろんと簡単な和音を出すくらいだが、マリウスにはそれで充分だったらしく、それをいくつか続けるうちに、おのずと歌が生まれた。とたんにマリウスは楽しくてたまらぬような顔になった。

言葉を思うのも面倒くさい、というようすで、唇をとじたまま、鼻歌を歌っているうちにそれがおのずとことばになってゆく。

(だあれも知らないあの町で　ぼくはあの娘《こ》に会ったよ　名前も知らないあの娘　ぼくを好きだと云ったよ)

(名前も知らないあの娘にも　ぼくは歌ってやったよ　ぼくの一番好きな歌　あの娘は

笑って聞いていた)
(あれはいったいどこの町　あれはいったいいつのこと　あの娘はぼくに手をふった
ぼくはあの娘を置き去りに　そのまま西へ風のよう)
(とうとうあの娘の名前さえ　ぼくは知らないままだった　あの娘の顔も忘れたけれど
いまも歌うよ　あの娘の一番好きな歌)
しだいに興が乗ってきて、マリウスは誰も聞くもののない山あいの林のなかの道を、大声で歌いながら踊るような足取りで歩いていった。
まだ午後のなかばにさしかかったくらい、空は少しかげりはじめてはいるが、風はまだやわらかく、木々の緑はこの上もないほど美しい。マリウスのなかに、生きていることの喜びそのものが、ひたひたと潮のように突き上げ、満たされてくるかのようであった。
(ぼくは歌うよ　いつもこの歌　あの娘もあの娘も好きだった　ぼくの一番好きな歌)
(なんて優しい調べだろう　なんてすてきな歌だろう)
(みんながとても好きだった　この歌だけはいつまでも　ぼくの心に残ってる)
マリウスの声はやわらかく、だが艶やかによくとおる。やがて、目印にしていたものを見つけてマリウスはにっこりした。それは、マリウス自身のいつも首にまわしている青い首まきを枝にくくりつけた太い木だった。

「ご苦労さん」

マリウスはまるで人間にでもいうようにその木にいうと、ひょいと手をのばして青い首まきをほどき取り、それを自分の首にまきつけた。そして、その木のうしろに入っていった。

そこからはちょっと足元が斜めになっていて、そこを注意して道もない草むらを下ってゆくと、やがてせせらぎの音が強くなってきた。そして、やがて目のまえに、きれいな小さな小川の流れがあらわれた。そのほとりに、誰かがいた。——あざやかな黄色に黒の斑点の浮かび上がった豹頭、そしてたくましいからだを黒いぼろぼろの皮マントに包んで、横になって剣を抱くようにして眠っている男のすがたが。

いや、眠っている——と見えたのは、マリウスの錯覚だったのかもしれなかった。マリウスが近づいていったとたん、男はすらりと身をおこしたからだ。

「相変わらず、目が早いというか……気配にさといんだなあ、グイン」

マリウスは安心させるように大声を出した。

「大丈夫、ぼくだよ。ほうら、ちゃんと、食べ物と——何よりキタラと、それにほら、ちょっとお金まで手にいれてきた。飲み物ももちろんある。これで、当分大丈夫だ」

「早かったな、マリウス」

グインはゆっくりと身をおこした。その前に、マリウスは大切そうにまずキタラをしめりけのなさそうな草の上におくと、籠の上にかけてあった布を草の上にしき、そしてその上に、籠のなかから、堅焼きのパンまる一個、干し肉のかたまり、干し果実をたくさん、それに素焼きのつぼなどを取り出して並べた。

「ほら、これだけあればきょうあすくらいの食いぶちにはなる。さっそく食べよう。ぼくも、ちょっと腹が減っちゃった」

「いつも、すまぬな、マリウス」

重々しくグインがいう。マリウスは笑った。

「なんの、こんなこと。ぼくにとっちゃ、趣味と実益ってものだからね。こういうことをいうとグインはいやがるかもしれないけど、きょうのお客は二人の女の子だったんだけど、若いほうがそのう、はじめてでね。というか、きょうぼくが何してやらなかったら、たぶん一生おぼこのまま終わってしまうかもしれないから、功徳だと思って教えてやってくれ、って、その、隣のうちの娘だというのに頼まれたんだ。まだとても若かったんだけど、このあたりでは、死んだとき、男を知らないと、天国にゆけない、という言い伝えがあるんだよね。——でも、あの村は若い男はひとりもいないし、いるのは自分の父親だの叔父さんだのの身内ばかりだ。だから、ぼくみたいなのが通りかからないかぎり、とうとう男を知る機会もないままに終わってしまう娘もたくさんいるんだと、もうひとりの子がいってたな。——彼女たちはとても喜んで、たくさん食べ物を持ってきてくれた。もちろん、親にはことわったといっていたよ。――もしも万一それで彼女たちのどっちかがぼくの子供を宿したとしたら、それはあの小さな開拓民の村にとっては、とても素晴しいことになる、とカーラが云っていた――ああ、カーラって、その、年上のほうの娘だけれどもね。それに、あなたはとてもきれいだから、もしもあなたの子供が出来たら、あたしに似ないであなたに似てたらさぞかしきれいな子になるわ、とマナもいってたよ。どうか、子供が出来てるように祈っててちょうだいね、って。――まあ、そういう風習は特に自由開拓民の村になんかは、けっこう伝わってるようだけれどね。でも、北方のほうとかではあんまりそういうことはない。主としてユラニアからクムにかけての習俗だな。クムでは特に、誰が父親か、ということについてはほとんど気にとめないからねえ――あれ、グイン、まだ食べないの？」

「ああ」

グインは苦笑した。マリウスはなぜグインが笑っているのかもたいして気にもとめずに、またいとしげにキタラをなでると、腰からナイフを抜いて、それで堅焼きパンを切りわけて、次に干し肉を少しそぎ切り、それを堅焼きパンの切り身の上にのせて、グインにむかって差し出した。

「さあ、食べようよ。ぼくはよく働いたから、おなかがぺこぺこだ。おまけに彼女たちが感じよかったから、何曲も歌ってやっちゃったのでのどもとってもかわいている。彼女たちは自分がかもした麦酒をくれたよ。——おまけに親切にも、パンの上に塗る木いちごのジャムまでつけてくれた。これ、干し肉とパンのあいだにぬるといいよ」

「ああ、すまん」

「なんだか、こうやってると、とても——そのう、昔にかえったような気がするね！」

マリウスは満足そうに、パンの上にきいちごの煮て潰したものを分厚く塗りながら云った。

「ぼくとあんたは、ずーっとあちこち、ずいぶん長いことこうして旅して歩いたよね！そのあいだ、ぼくはよく、人里には降りられないあなたのために、『ちょっと待ってて、グイン』といって、キタラを背負って人里を探しにゆき、たいていこういう自由開拓民の村をみつけて売り込み、誰かが買ってくれて——食べ物と少しばかりの金と、そして飲み物をくれて、ぼくはそれで——やることをやってやって、それで食べ物をもってあなたのとこに帰ってきたもんだ。あなたはぼくをねぎらってくれたけど、あのばかは——そう、名前もあんまりいいたくないけど、あのイシュトヴァーンのばかは、ぼくのことを男娼扱いして、お前がけつを売った金で買った食い物なんかどうのこうのとあくぞもくざ、悪口をいうくせに、いざとなると一番たくさん食いやがった。——ああ、でもそのあとで、こんどはぼくは、タヴィアと二人で旅していてね。——あんたがぼくとタヴィアを助けてくれて、あのほら、風の強い丘であんたたちにさよならして、旅に出たあのあとね。……そのあいだは、なかなか難儀だったよ。タヴィアはやっぱり、一応女だしぼくの恋人だし、ぼくが他の女の子を抱いて商売するのをとてもとてもいやがるんだ。男だとそうでもないから、しょうがないからタヴィアといるあいだは、ぼくはもっぱら男相手に商売しなくちゃならなかったけど――そりゃ、歌ってお金もらえるなら、そのほうがずっといいけど、こういう旅のさなかだと、歌だけ歌ってるんだと、うんとみいりは悪いからね。体を売れば一回で何倍ものいいかせぎになる。ことに、男はいい商売になるんだ。――だから、ぼくはまあどっちでもかまわなかったし、女はねえ、あとくされがあるときもあるから、男のほうが楽でいいときもあったけど、さいごにはタヴィアは結局、ぼくが男とねるのもあまり好きじゃない、我慢しているだけなんだ、と言い出してね。――しょうがないから、タヴィアに黙ってこっそりとかせいでこなくちゃならなかった。だけど、そうこうしているうちにタヴィアにはお腹に子供が出来ちゃったから、とても、野宿もできなくなったし、いろいろと食べるもの、飲むものもあまり粗末なものってわけにもゆかなくなったし、だからお金がいるのはタヴィアのほうだったんだけれどね。――タヴィアもわかってはいたんだと思うけど、それでも……ええッ、グイン、もう、食べ終わっちゃったの？」

びっくりしてマリウスは叫んだ。

「ぼく、まだひと口しかかじってないのに」

2

「相変わらずなやつだ」

グインは苦笑せざるを得なかった。

「というか……いや、なんとなく、お前とこうして話している、というか、お前の一方的に話をするのを聞いていればいるほど、既視感というのかな——確かに俺はお前を知っている、という気がしてならぬ。——確かにお前のようなものはほかにはめったにいないだろう。お前を忘れるということはなさそうだ。俺でさえ、すべてを忘れたと思っていたのに、ちゃんとなんとなく、お前のその火のついたようなおしゃべりを思い出すことが出来るからな」

「思い出したの？」

目を輝かせて、マリウスは叫んだ。

「何を思い出した？　ぼくと一緒に旅したことを思い出してくれたの？」

「いや、すべてをというわけではない。ただ、なんとなく、そうだな、この者といて、こういう感じだったことは確かになんとなく覚えがある気がする、と思っただけだ」

「やっぱり、あなたはただ、混乱したり、いちどきにかきみだされていろんなことがわからなくなっているだけなんだとぼくは思うなァ」

いきおいこんでマリウスは云った。

「だから、あなたは、ぼくと一緒に旅をしていれば、必ずいろんなことをだんだん思い出すよ。それにぼくだっていろいろ話してあげられるし。時間はいくらでもあるしね。——パロまでは、この調子でのんびりとかせぎながら旅していたら、ひと月くらいゆうにかかると思うよ。急いでゆけばそれなりに十日もすればつくだろうけど。でもそれだけ長くかかったほうが、ぼくがあなたにいろんな話をしてあげられる、ね」

「………」

「じゃあ、もうひと切れパンを食べたら？　お腹すいているんだろう。それにこの麦酒、いっぱい麦かすは浮いているけど、けっこういけるじゃないの。ああいう自由開拓民の村ではそれこそ、本当に何から何まで、信じられないような何から何まで自分たちで作るんだよ。ぼくも何回かそういう村に滞在して、かれらが器用になんでも作り出してしまうのを見せてもらっていたことがあるけど、本当に、家具や農具なんかはもちろんのこと、武器から保存食糧から着るもの、それを作る糸まで、なんでもかれらは自分で作ってしまうんだから——おお、これは何だろう、まだこのハムの下に何かあった。あ、これは、どうやらかわかした腸詰めだ。こりゃ、珍味かもしれないな。ますます、酒がうまくなるな」

「……」

「ねえ、グイン」

マリウスは満足そうに干し肉を嚙みながら聞いた。

「あなた、なんで、パロにゆきたいのさ？」

「べつだん……」

「べつだんって、行きたいんだろう。いって、リンダに会うっていったじゃない」

「ああ、云った」

「リンダに何の用があるというわけ？　まあ、べつだんだからって、リンダに会うことにも、パロにゆくことにも異議はないけどさ。ぼくだって、べつだんケイロニアに戻りたいわけじゃないもの。あんたには悪いけれど、ぼくは、サイロンも黒曜宮も、いつもあんまり好きになれなかったんだから」

「用があるのかと云われれば――いったい俺はこの世のどこの誰にどんな用があるのだろうか、ということになりかねないが……」

グインは奇妙なほろにがい自嘲をこめて云った。

「俺はいまや、この世でもっとも孤独な人間かもしれぬからな。戻るべきところも、帰属すべきところもまったく思い出せぬ。……だが、パロの王女リンダ、ということばだけが、ずっと頭のなかにあった。俺は、そのことばをきいたときだけ、何かがいつも頭のなかにはっきりとよみがえってくるように思った。だからこそ、その当人に会ってみたら、何かわかるのではないか、と思ったのだ」

「それに、彼女は予言者姫と呼ばれる、高い霊能力のある人だからね。会ったらいろいろ、なんであなたが記憶を失ってるのかとか、教えてくれるかもしれない。それでも、本当にリンダのこともそのくらい、全然思い出せないの？　あなたは本当に彼女のことは、とてもよく、とてもよく知っていたんだよ？　いま、彼女の顔を思い描こうとしてみて、まぶたの裏に、どんな映像がうかんでくる？」

「何も……」

困惑したようにグインは云った。

「ただ……何かきれいなさわやかな夜明けの空のような印象だけがある。それだけだ」

「まあ、それはそれで間違っちゃいないかもしれないけど……干し果実、食べないの？　このヴァシャはけっこういけるよ。そういえばもうちょっとゆけばオーダイン、ヴァシャの名産地中の名産地だものなあ」

「オーダイン……ヴァシャ……」

グインはひとことひとこと、かみしめるようにつぶやいた。

「不思議なことがあったものだねえ！」

マリウスはいたって朗らかに笑いながら、

「記憶喪失の話は、ぼくも何回かきいたことがないわけじゃあないけれど、グインのは、なんだかよくわからない。というか、いまでもなんだか、こうしていてもよく信じられないんだけれどねえ、どこから見たって、いつもの、ぼくのずっと知っていたとおりのグインだもの。落ち着いていて、悠揚迫らなくて、岩のように冷静で。——だから、グインが本当に記憶を失っているとしても、誰もそのことに気が付かないんじゃないかと思うくらいなんだけれどもなあ」

「それだからなおのこと、悪いともいえるだろう」

グインはにがにがしげに、

「一目見てすぐわかるような記憶喪失なら、誰もが納得してくれるだろう。だが、そうでなければ、記憶を失っているのではなく——むしろ、俺の悪意か……それともわざとやっているのか、ととられかねん。——現にイシュトヴァーンといたときには、かなり、何回か冷や汗をかいた」

「あなたが冷や汗をかくとこなんて、想像できないんだけどなあ、グイン」

マリウスは笑い出したが、すぐ、かれとしてはごく真面目な顔になった。

「ここまでくる道々で話したこと——あれは、本当なんだよね？　あなたは、イシュト

ヴァーンに大怪我をおわせて、そしてルードの森で……いや、そうじゃない、先にアルゴスのスカール黒太子と出会って、それからイシュトヴァーンに大怪我をおわせて、スカール太子ともどもルードの森を逃げ延びた——という……」

「嘘も本当もない。俺はそうした」

「でもぼくとあなたが出会ったとき、あなたはただひとり、道を歩いてきた。——イシュトヴァーンの軍勢は指揮者が大怪我をおったのであわてて撤退したにせよ、スカール太子の仲間は？　それはあなたはおいてきちゃったというの、グイン？」

「その通りだ」

グインはややむっつりと答えた。マリウスはちょっとけげんそうに首をかしげた。

「でも確か、きのうだったかなあ、歩きながら話してたときに、スカール太子は病気で具合が悪いんだ、っていってたよね？　それに山火事がどうこう……」

「その通りだ」

「それを、おいてきちゃったの？　なんだか……」

「……………」

「なんだか、グインらしくないな」

「……………」

「ぼくの知ってるグインなら、病気の人をおいてきちゃったりしないと……思うんだけどな。それも記憶をなくしてるからなの？」

「――何が俺らしくて、何がそうでないのか、それが、俺にどうしてわかる」

珍しく、多少苛立った様子でグインは答えた。

「俺にはまず、おのれがどういう存在であり、何者であったかさえわからぬのだぞ。――どうふるまうのが俺らしいことなのか、などいまの俺にどうしてわかる筈がある。――それに、スカール太子は、自分のことはかまわず、とにかく行ってくれと云った。まもなくそこにケイロニアの救出軍がやってくる。それに俺がぶつかりたくないのだったら、一刻も早く逃げてくれ、といったのだ」

「ケイロニアの救出軍に――ぶつかりたくない？　どうして？」

「俺が、おのれが何者だか、まだわからぬからだよ。マリウス」

口重く、グインは答えた。

「ケイロニア軍は俺が誰なのか知っているのだろう。いや、俺はかつてケイロニア王であったらしいということは知っている。その俺を救出するために、かれらははるばると遠征してきてくれたということなのだろう。そのかれらと出会ってしまえば――俺は、もう、その《ケイロニア王グイン》に否応なしに引き戻される以外ない。かれらは、俺がたとえ記憶を失っている、といったところで、それはそれ、とにかくお前はケイロニア王グインなのだ、というだろう」

「そりゃあ、そうだろうね。だってあなたはそうなんだから」

「俺は……それが恐しいのだ」

「恐しい？」

思わず、麦酒のつぼにのばそうとしていた手をとめて、マリウスはグインを見つめた。

「恐しいって……な、なんで」

「今でさえ、俺は、ここに、この俺の頭のなかにある知識が、本当に自分の知っていたものなのか、それとも誰かが俺にそう思いこませようとした偽りの知識であるのか――それについて、まったく何も確信することが出来ないでいるのだ。マリウス」

グインは限りない苦々しさをこめていった。

「気が付いたら、誰も自分のことを知らないというサーガがある、とお前はきのうの夜云った。――俺がいま出会っているのはそれと正反対の事柄だ。誰もが俺を知っている――それがだが、本当なのかどうか、どうしてもわからぬままなのはこの俺、当人ただひとりだ。俺が最初に意識をとりもどしてともにいた、ノスフェラスのセムやラゴンたちも俺をよく知っていた。俺をノスフェラスの王とよび、俺のおかげでさまざまな出来事から救われた、俺を恩人であるといった。あのイシュトヴァーンも俺とさまざまなかかわりあいがあるといった。出会う人間だれもが俺を知っていた――あるいは、直接会ったことがなかったあのハラスのような者でも、俺についての知識だけは持っていた。

まさか、かれらが全員ぐるになって俺をからかっているとまではさすがに思えぬ。だが、その中にもし、ひとたらしでも偽りの、嘘の知識が——故意に俺をまどわし、間違った方向に誘導してやろうとする知識が忍びこませられていたら？　俺にはそれを見分けることが出来ぬのだぞ。お前達こそ——俺はかえってお前たちのほうが不思議だ。いや、たぶん、俺が、記憶を失っている、ということについて、知らなかったり、それほど切実さを感じていなかったりする、ということなのかもしれないが……俺がもし、本当に記憶を失っているのだとしたら、恐しくはないのか？　そうやって偽の記憶を植え込まれても俺にはそれを見分ける力はないのだぞ。どれが真実で、どれが偽りであるかを見抜くことは、いまの俺には出来ないのだぞ。——だから、もし、もっともうまく俺をたぶらかし、口車にのせて、『あなたはこれこれこういう人物で、この国をこういう理由で滅ぼしました』というようなことを信じ込ませたとしたら、俺は——用意周到に作られたその証拠でも見せられたとしたら、俺は、どのようなことでも信じ込んでしまうことになりかねぬ。こんな——こんな恐しい状況があると思うか」

「グイン——」

「だから、俺は——いまケイロニア軍と会うわけにはゆかぬ、と思った。——たぶん、話をいろいろなものからきくほどに、ケイロニア軍のものたちというのは、みな、本当に俺を慕ってくれているのであるらしい。だが、だからこそ——かれらにとって、《ケイロニア王グイン》という存在が大きいものであればあるほど、かれらは俺が本当に記憶を取り戻すのをじっくりと待っていてはくれまい。自分を覚えていないのか、自分はどうだ、あの戦場であったことを覚えていないか、あのおりにはこうだったはずだ――そういう情報をあとからあとから詰め込まれ、俺はいよいよ、何が真実で何が真実でないのかを完全に見失って恐しい混乱に陥ってしまうだろう。――本当は、俺は、なんらかのはずみで俺の記憶が本当にすっかり戻ってこぬかぎり、もうケイロニアには行ってはならぬのではないかと、そう思っているところなのだ」

「グイン。そんな……」

「俺が普通の人間であったのならまだいい。だが、どうやら俺は――いろいろとなみはずれた力も持っていたり――いろいろなことをしてきたり、恐しくいろいろなものごとのカギをにぎっていたりもしたようだ。そんな人間であればあるだけ、生半可な知識や中途半端な記憶でものごとにあたったらどんなに混乱をきたさせ、恐しい事態を招くか――俺は、それが恐しくてならぬ。最初のうちは、誰をどう信じていいかも、誰を疑っていいのかもまったくわからなかった」

「……」

「スカール太子もまた、俺の名は知っていたようだったが――少なくとも、彼についてはまだ気が楽だった。彼はああして流浪している身の上だし、お互いこうして流浪しているどうしならば、そのときに、じっさいに起こることを通してだけ相手を判断し、それを信じていればいいのだからな。それにスカール太子はあのわずかな部の民を連れているだけで、太子が何を信じ、何を信じないかはまったく彼の自由というにすぎぬ。ケイロニアの皇帝や重臣たちが偽りを信じ込まされたり、間違ったことを信じてしまったりしたら、迷惑をこうむるのは国民たちや部下の騎士たちだろう」

「そりゃまあ……そうなんだけどさあ……」

マリウスはちょっと溜息をついた。

「相変わらず、硬いことばかりいうんだなあ。……そんなの、適当にあしらっとけばいいじゃないのって、ぼくなんか思っちゃうけれどなあ。……けどさ、グイン」

「……」

「じゃあ、なぜ、ぼくのことは、一緒に旅してくれるくらい、かんたんに信じてくれたの？——っていうか、ぼくのこと、信じているよねえ？」

「ああ」

「それはどうして？　ぼくのことは覚えているから？　それとも、ぼくの人品骨柄を見て大丈夫だと思ったわけ？　それとも、ぼくがあなたの義兄だといったから？」

「ことばはどうにでもなる。また人品骨柄については残念ながら俺は人相をみるにはたけてないのでよくわからぬ」

苦笑して、グインは云った。

「それにお前のことをとりたてて覚えていたというわけではないのだ、残念ながらな。そのあとで一緒に歩いていて、なるほどなんだかこの状況というものは確かに妙に記憶に残っている、と思ったのも、お前のお喋りになにやら覚えがあると思ったのも確かだが——それは、こうしてともに歩き始めて以降のことだ。……それよりも、俺がお前を信じようという気持になったのは——というよりも、信じているのは」

「………」

「お前のあの歌声が、俺の夢のなかに出てきた——そして、目がさめたとき、俺は『マリウス！』と叫んでいた。そのことが、あったからだ」

「ああ」

奇妙な感動にうたれてマリウスは叫んだ。

「ぼくもきいたよ。ぼくも、深い夜のなかで、あなたが、ぼくを呼ぶのをきいたよ。ぼくとあなたの気持は通じ合ってる。それは、同じ姉妹を妻にしてるなんてことじゃなくて——たぶん、ずっと長いこと、一緒に旅をしていたからでさえなくて、もともとヤーンの神がさだめられたことだからなんだ。ぼくもあなたの存在をすごくあのときはっきりと感じていた。だから——そうだよ、だから、ぼくは、自ら進んで申し出て、この救援軍についてゆく、っていったんだ。グインは、ぼくと会えば必ず記憶を取り戻す。ぼくの歌をきけば絶対に何もかも思い出すから、だから、ぼくは行かなくてはならないんだ、ってね。ぼくは、あなたとぼくのあいだにある絆の糸をずっとずっと、確かに感じていたんだよ。……こういったら何だけれど、ぼくもこれでも音楽家であり、カルラアの使徒であり、芸術家だ。だから、普通の人間よりは、するどく感覚をみがき——魔道師たちとはまったく違う方向にだけれども、やっぱり普通ではない感覚を持っていると思うんだよ。その感覚がぼくに告げたんだと思う——ぼくとあなたはつながっている。何か、切っても切れない運命の、さだめのえにしの糸で結ばれているんだって」

「………」

グインは黙り込んで、自分の手のひらを見つめていた。

「ねえ——どうしたの、グイン」

マリウスはやや心配そうに、

「また、それで、『俺は誰だろう。俺は本当にどこにゆけばいいのだろう』なんて考えこんで、くよくよしていたの？——ぼくは、パロからきたんだよ。しばらくぼくはパロにいた——リンダと一緒にね。リンダはぼくのいとこだし、とてもいい娘だ。良人のナリスの死で、うちひしがれていたけれども、あれから時もたって、いまはたぶん少しは前よりは元気を取り戻しているだろう。もともとはとても元気いっぱいの、生きるよろこびにみちあふれたようなひとだものね。だから、グインがパロへゆくのはぼくは賛成だ。大賛成だ、といってもいい。きっと、リンダと会ったらグインはまた記憶をとりもどせるよ。記憶を取り戻せないまでも、何かの手がかりをつかむことはできると思う。——確かに、グインのいうとおりだな。いま現在、ケイロニアに戻ったり、ケイロニアの人たちと会うのはあんまりよくないことかもしれない。まあ、もとよりそれは、ぼくがあんまりあの連中とうまがあわないからいってることなのかもしれないんだけれどさ。——でもまあ、グインにとっては、大事な、第二の故郷だし——アキレウス帝とだって、本当によくうまがあっていたんだから、いつかはきっとあなたはケイロニアに帰るんだろうとは思うけどね。それも、それほど時がたちすぎないうちに。でも、ちょっとでも心配が残っているあいだには、無理に帰らないほうがいいとぼくは思うよ」

「有難う」

　重々しくグインは云った。

「まったくそのとおりだ。それにもうひとつ、俺は出来ることなら、極力人里を避けてパロまでゆきたいのだ。最終的にはどうあっても町のなかに入ってゆかねばならぬだろうが、顔をみたら何かいわれる、ひとが俺を知っている、というようなことだけでなく、いまは、俺は——ひとに見られるのも、ひとと出くわすのもなんだか心がすすまない。まだ、このおのれの豹頭をどのように理解していいかわからないし——それをひとがどう受け止めるか、ということについても、いくら保証されてももうひとつ自信がもてないのだ。俺がもしも平和な中原の人びとだとしたら、突如としてこのような豹頭の怪物があらわれたら、それはやはり無条件に恐怖にかられ、狩りたてたり、追い回したり、とらえたりするのではないかと思う」

「何を、ばかなことを」

マリウスは鼻であしらった。

「この中原に、いま、あなたを知らない人間がいると思うの。——そうだなあ、でも確かに、ぼくが心配するとすれば、あなたが怪物として追い回されるなんていうことじゃないな。あまりにも有名なケイロニアの豹頭王がこうしてこのあたりを歩き回っている、なんていうことになると、いったいどんな悪党がどんなたくらみを考えついて、あなたをとらえたり——それは無理かもしれないけど、あなたのその記憶喪失に乗じて、あなたをだましてとじこめたりしようとしないとも限らないからね。だから、それが心配だから、こうしてずっと、ぼくひとりが人家を探して食べ物や飲み物や金を求めてくる、という、だいぶんまわりくどい方法を使っているんだけれども」

「それは、すまぬ。まことに、手間をかけてしまっていると思う」

「そんなことはどうでもいいさ。ぼくにとっちゃ——」

マリウスは思わず笑った。

「そうだよ、ぼくにとっちゃ、もうはや他人ごとでもなんでもないんだものね。本当にこればかりは何回口に出してみてもとても信じがたい気持になる。——あなたは、もう他人じゃあないんだね。ぼくにとっちゃ、あなたは、ぼくの弟、そうなんだよね。なんということだろう！　豹頭のグインを自分の弟、義弟と呼ぶときがくるなんて、夢にも思っていなかったよ！——もっとも、ああ、まあねえ、いまのぼくはもうタヴィアの夫じゃない。こないだ、サイロンを出る前に、ぼくたちは、一応、きっぱりとこれで別れよう、という別れ話はした。だからって黒曜宮のほうで、いまごろ、ぼくとタヴィアを正式に別れさせるような書類を作って、もう書類の上からも何のかかわりもないゆきずりの人間どうしにしてしまっているかどうかは知らないけれど、でも、おかしなことだな。かえって、こうやって遠くにいるときのほうが、ぼくは、ずっと、ああして宮殿の石の壁のなかにとじこめられているときよりも、タヴィアのことも、マリニアのことも、好きだ、と思うんだけれどもなあ！　こうやって、はなれて遠くで思っていると、本当に、なんて大切な、大事なぼくの宝物たちなんだろうと思える。そうして、いつの日か必ず、かれらのもとに帰ってゆこう、とかたく誓いたい気持になる。——だけど、いざ、戻っていってみると、何もかも——うまくゆかないいんだ」

マリウスは低く吐息をもらした。

「本当に、なんだかそれの繰り返しだったような気がするよ！　一緒にいないときが——いや、遠くはなれていてから、ようやくめぐりあったその瞬間が、ぼくらは一番愛し合っているんだ。そのときにはもう、息もとまらんばかりにいだきあい、二度とはなれたくないと思い、この世にこれほど愛するものがあるだろうかと思う。ようやく長い長い苦しみと欠落が満たされ、いまこそぼくは世界でもっとも幸せな人間になったと思える。だのに——ものの十日もたつともう……幻滅！　だ。……ぼくは、いったいどこに帰ってきてしまったんだろう、って思う。——これも、結局のところ、ぼくが病気だからっていうことなのかなあ。ぼくの魂が病んでいる、ということなんだろうか」

「さあ……それは俺にはわからんが……」

「何にせよ、こうして離れて旅の空にあるときが、ぼくは一番タヴィアを愛しているし、かけがえのない自分の妻だと思うし——生涯彼女以外の女を妻とよぶ気なんかさらさらない、って思うんだけれどね。でもねえ」

マリウスはふいにひどくこっけいなことを思い出したようにくすくす笑った。

「そういえば、ぼくたちは、そもそもの最初から、とても仲が悪かったよ。最初に会ったときからずっと喧嘩しつづけていたものだ。きっとそれが、ぼくたちの愛情の唯一の正しいかたちだったんだ。きっとそうだ」

3

食事がおわり、一休みすると、まだ日は高かったのでかれらはもうちょっと先をかせいでおこうととぼしい荷物を片付けて立ち上がった。天候は素晴らしくよく、神の恵みを感謝せずにいられなくなるような、空気のかおりさえも甘くすがすがしい午後であったが、ことにその前にあの恐しい山火事、その前にはあの陰惨なルードの森、グールたちの洞窟、そしてイシュトヴァーンの虜囚、などときびしい経験をばかり経てきたグインにとっては、誰もおらぬこの静かな山のなかの道は、こよないなぐさめとも感じられたのであった。

それに、連れはいささかにぎやかすぎるとはいえ、陽気で明るい、その上に素晴しい美声の持ち主の吟遊詩人であった。マリウスはグインにこれまでのさまざまなことをゆっくりと語ってきかせた——だが、グインに、いろいろなこれまでの、欠落してしまった時間について語り聞かせるのに、マリウスほどの適任者はいなかったかもしれない。

そもそもマリウスは語りきかせるのが商売であった。その上に、それが商売であるためにかえって、自分のいっていることをすべて信じさせようとか、あるいは「絶対にこれが真実だ」と強弁するようなこともなく、「と、いう話だけれどもね」とか「こう、人々はいっていたよ――このように云っているものもいたことはいたけれども」などと、ごくおだやかに、事実というよりも、そのときのありさまを手にとるように描き出してみせる技術にたけていた。

それゆえ、それは、「誰かに偽りの記憶を吹き込まれること」をもっとも恐れていたグインにとっても、もっともここちよくきける話になったのであった。むろんマリウスにはわからぬことも、知らぬことも多々あったが、そういうことについては、マリウスははっきりと「ぼくはそれについてはよく知らないけれど」と云ったし、自分が見たものや、自分がきいたもの、そして自分が直接体験したものをすべてきっちりとわけて、うわさにきいた話や推測とその直接の経験を混同するようなことは決してなかった。

そんなわけでマリウスは、はからずも、記憶を失っていたグインにとってはもっともありがたい教師であった。マリウスは楽しく歩きながらゆっくりと、自分の知るかぎりのグインの過去について語ってきかせた。ルードの森に突然あらわれ、そしてリンダとレムスのパロの聖なる双生児をモンゴール軍の手から救出して、ともにスタフォロス城にとらえられ、そこから脱出してノスフェラスにわたったこと。そしてそのさきのあまたの不思議な冒険。

逆にマリウスは、ほかのものが多くは知らぬそのあたりのことについては、誰よりもよく知っていた——好奇心のつよいかれは、かつて双子を無事にアルゴスに送り届けてから単身おのれ自身を捜す旅に出たグインとめぐりあい、ともにはるばると旅しているあいだに、グインにいろいろと質問をしかけて、それまでのグインの来歴やいったいこの異形の戦士がどこからやってきて、どのような過去をもっているのか、ということについて、なんとかして探りだそうとしてやまなかったからである。それゆえ、グインは、おのれがルードの森にやはり記憶を失ったままあらわれて、それからマリウスと出会うまでのあいだについても、誰よりも詳細に知っているあいてとはからずも出会ったというわけなのだった。

「それは、しかし、驚くべき——というか、俺にとっては相当に気の楽になる出来事でもあるな」

グインは、たくましい肩に荷物の大半を背負ってやって、マリウスがキタラだけさげて歩けばよいようにしてやりながら、思わずもらした。

「ということは俺は、もともと持っていたすべての記憶を一気に失って何ひとつわからぬ人間になりはててしまった、というわけではないのだ。驚いたことだ——すでに俺は、そもそも最初にあらわれてきたときから、記憶を失っていたというのだな。さもなければそのとき突然にこの大きさのまま生まれ出た、などということがあるものだとすれば

──」

「神話の、完全に少年のかたちで母サリアの胎内からあらわれてきた愛の神トートのようにね！　だけど……」

「そんなことはあまり考えられもせぬし、それはあまりにも不自然だ。だがこのさい肝心なのは、では俺のもっていた記憶というのはもともとが、前のときにルードの森にあらわれてからこっちのものだけだったのだ、ということなのだ」

「そういうことだねえ。それ以前のあなたについては、世界のどんな場所にもこんな存在があらわれた、といううわさひとつないし──もしあったら、これだけ目立つ人だもの、必ずなんらかの痕跡が残っていると思うんだよ。実をいうとね、ぼくも、あなたとはひとかたならぬゆかりもあるわけだし、だからあなたの前歴、来歴をつきとめたいと思ったこともあって、各国を流浪するあいだ、それとなく、昔のことをよく知っていそうだったり、いろいろなことをなんでも知っていそうな老人などに会うたびに、かの有名な豹頭王の──それより前はケイロニアの豹頭の戦士の話をもちだしてね、そういう者が以前このあたりにあらわれたという伝説やうわさや、神話でもあるかどうかいろいろ聞いてまわったりしたんだ。だけど、これまでぼくが集めてまわったかぎりでは、ただのひとつとしてそんな事実はなかった」

「ウーム……」

「あなたは、まるでなにものかに、なんらかの使命によってこの世界に、ルードの森に送り込まれてきたとでもいうかのように、突然にあらわれてきたんだ。——それに、あなたは、ぼくとはるかな北方に旅しながら、あなたの出会ったふしぎな二つの経験について語ってくれたよ。それは、アルゴスに来る途中の、レントの海を海賊船と知りながらあえてその船に乗り組んで渡ろうとしていたときのこと。途中で海賊たちがキバをむいて、あなたと双子たちに襲いかかってきて——あなたが海のなかに落ち、あわやというときにあやしいものをいろいろ見てさ。そうして、気が付いたらどこかの島にたどりついていた、という話。それともうひとつは、そのもっと前、ノスフェラスでぼくのいとこたちがアムネリス軍につかまって、それを助けるためにラゴンたちの援軍をよんでくるといってあなたが出かけたときの話。それも、砂嵐にまきこまれ、気が付いたらはるかにとうてい間に合うようにはたどりつけないと思っていたラゴンの村の方に送り込まれていた、という話。——そのふたつはぼくにはとても印象深かった。そのときにはぼくは、グインに本当の素性を名乗るわけにはゆかなかったんだけれど、話をききながら、それではぼくのいとこたちは、この豹頭の戦士のためにはからずも命をいくたびも救われたんだなあと思っていたんだよね」

「ああ」

「なんてふしぎなえにしだろうと、あのときも思っていたけれど——それにしても、いまではもうぼくとあなたはきょうだいなんだ。……ぼくがいまはタヴィアと離れているからといったって、もしかしたら別れたことになっているからといったって、ぼくはとりあえずマリニアの父親なんだし、その意味では、あなたとのあいだに出来たこのきずながかわるというわけじゃあないよね」

「ああ、それはその通りだ——まあ、そのようなきずなだけを、何もあてにするまでもない、血縁のきずなでなかろうと、きずなというのは出来るところには必ず出来るものだと俺は思っているが」

「それはすてきだ。だけどね、それとはまた別に——いまはあなたの妻なんだから、あまりいろいろ云えないけど、あのシルヴィアをだますためにダリウス大公が誰か自分のいいなりになる男娼を彼女にあてがおうとしていた、そのたくらみにこのぼくがひっかかって、あなたに何回も助けてもらってさ。——そのあいだにぼくのその、離れていると最愛の妻であるタヴィア——こと、男装の麗人イリスと知り合って、まあその、あれこれあって恋におちて——ぼくはうかつにも、ずっと彼女のことを、本当の男だと信じて疑わなかったんだけれど……」

「……」

「そのときのことも、もうちょっとこまかく話したほうがいいね。だって、何をいうにも、そのときに、ぼくはタヴィアと一緒になったんだし、それもこれもグイン、あなたのおかげだったんだし——日陰の身として隠して育てられたタヴィアが、アキレウス帝に対面し、もうひとりのケイロニア皇女として認知されたのだって、それもやはりあのときはケイロニアの騎士だったあなたのおかげだった。あなたはアキレウス大帝のいのちも救ったし、ランゴバルド侯ハゾスのいのちも救った——という話もきいている。とにかく、あなたはケイロニアにとってはひとかたならぬ大恩人で——だからこそ、ケイロニアは全国をあげて、あなたをケイロニア王にすることに喝采して迎えたんだよ」

「こんな異形の者をか。そんな寛大な国があるというのが、俺にはいまだに信じられん」

「いまではケイロニアの国民、重臣たち、騎士たちの誰ひとりとして、あなたが他の人間と何か違っている、なんてことさえ気が付いてないだろうね」

マリウスは笑いながらいって、手をのばしてそっとグインのまるっこい豹頭をなでた。

「ぼくだって、かたわらを見たときにそこにグインのこの豹の頭があることを、なんともおかしいなんて思わないばかりか、それとほかの人間の顔とどこがどう違うのかさえ考えないようになってしまっているもの。あなたはもう、ケイロニアの国内では、完全にそういうちょっとだけひとと違う外見をもったあたりまえの人間として受け入れられてしまっている——いや、それよりも、むしろ、あなたのその外見の《ちょっとしたひととの相違》よりもさえ、あなたのしでかしたこと、やってのけた数々の偉業、そしてあなたにしか絶対に出来なかったような驚くべき業績のほうが、はるかに、『いったいあれは本当の人間なんだろうか』『こんなことの出来る人間などいるわけがないのに』という驚異をケイロニアの人々にもたらしているんだよ。——あなたの豹頭なんて、それにくらべたら、もっともささいなことにすぎないくらい、あなたがケイロニアでしてのけたことは、驚くべきことだ、と誰もが思っている。アキレウス大帝を筆頭にね」

「ウーム……」

「まだ、信じられない？　だったら、本当にそれだけ知りに一度ケイロニアの誰でもいいから誰かと話をしに帰ってみたらいい。あなたはケイロニアの国民たちにとっては、信じがたいような偶像なんだよ。偶像であり、英雄であり、崇拝と感謝と驚嘆の対象。——ぼくがいくら豹頭王のサーガであなたのことをほめたたえても、それでもまだまだ足りないとみんな思っているみたいだものなあ」

「………」

「実際あなたは世界で一番慕われ、現実に愛されている支配者なんだよ。そうはなかなか実感できないかもしれないけれどさ。——もともとケイロニアの皇室は中原のなかでももっとも国民の尊崇を集めている王者だ、ということは、ぼくもあちこちの地方を巡り歩き、いろいろな国のひとたちと直接ことばをかわしてかれらの考えていることをきいたから、断言できるけれどね。——だからって、ぼくはちっともその中のひとりとなって、国民の敬意と愛情を維持してゆく義務をはたそうなんて思いもしなかった。そういう意味では、悪いけれど、ぼくはまだしも、さすがに自分の生まれた国だけあってパロのほうに忠誠や共感を感じることは出来たけれどね。ケイロニアは――たまたまタヴィアの生まれ故郷だった、というだけで、ぼくにとってはやっぱり、とうてい自分のふるさと、と思うことはできなかったもの。それに、ぼくは――やっぱり、南の国のほうが好きだよ。ひとびとの血の熱い国、ひとびとが逸楽的で享楽と音楽を愛している国」

うっとりとマリウスは云った。

「そんなにすごく暑い南まではぼくはさすがにいったことはないけれど――グインといっしょに氷雪の北方へいったときだって、まあいってはは何だけどろくなことはなかったものね。もっともあのときには、あのろくでなしの連れ、イシュトヴァーンの野郎のおかげで、気分を台無しにされつづけた、っていうこともあったかもしれないけれど」

「それもまた、俺にとってはなかなかに信じがたい、驚くべき出来事だ」

グインは重々しく云った。

「このところお前にきかせてもらっている話を総合するに、イシュトヴァーンと俺、というのもまた、お前と俺ほどに深いえにしがあって――なるほど、それだけのさまざまな、あまりにも深いヤーンの糸のもつれ、からみあいがあればこそ、イシュトヴァーンはあのときあの陣幕のなかでも、俺と最初にルードの森のはずれで出会ったときでも、あんなにもいわくありげな態度をとっていたわけなのだな。それは確かに、それだけの過去のからみがあったら、俺が記憶をまったく失っている、などということが信じられるまでは、俺がちょっとでもよそよそしい態度や、覚えていない態度をとろうものなら、それは彼自身へのとてつもない侮辱や挑戦と受け取れたに違いない。——俺は気付かぬうちにだいぶん彼を刺激していたのだろう、疑惑もかきたてさせていただろうと、考えてみるといまになってかなり冷や汗が出るな」

「しょうがないよ、記憶を失っているんだから」

あっさりとマリウスは云った。どちらにせよ、イシュトヴァーンに対しては、いろいろな理由で、かれはあまり好意的にはなりようもなかったのだ。

「それに、イシュトヴァーンのやつだって、あんたに対してはいろいろと不義理をしてると思うよ。あんたはどうしてだか、もとからあいつには甘かったよ——ぼくから見ればね。もっともあいつはあいつでまったく同じことをこのぼくに対して云っていたみたいだけどね。ぼくはあいつみたいに乱暴なこともしないし、無茶も残酷な凶行もしない。あいつとはまったく違うんだけれどな」

「うむむ……」

また、グインは唸った。唸るよりほか、なんといっていいかよくわからなかったのだ。

「ともあれ、あなたはあらわれたときそれ以前の記憶を失っていたにせよ、そのあとにごくごく短時間で、たくさんの深い、かりそめならぬ絆も作り上げれば、またたくさんの、本当におそろしくたくさんのことをもしてのけたんだ。それこそが、あなたの本当にすごいところで――それは豹頭かどうかなんてこととは一切なんの関係もなかったと思うよ。ぼくとタヴィアを救ってくれ、アキレウス帝のいのちを救ったことも含めて、あなたはケイロニアにとっては国家の大恩人といっていい存在なんだ。もちろんぼくにとっては、それだけじゃない、そののちに、うかつにもぼくがキタイにあのくそったれの悪党魔道師のグラチウスに拉致されたときにも、ぼくを救ってくれた――むろんそれはシルヴィアを救出するついでではあったんだけれど、ぼくにとっちゃ、有難いことには違いない。そもそもその拉致にあうきっかけそのものからして、ぼくが、イシュトヴァーンの一味からなんとかしてトーラスを救おうとしたとき、考えついたのはあなたの助けを求めること、それだけだったので――ぼくはあなたに助けを求めにいってきゃつらにつかまり、そして結局あなたに助けられた、という結果になったわけだ。実に、ものごとっていうのは、ふしぎなふうに作られてゆくものだよね！」

「まったく、ヤーンのみわざには驚くほかはない」

グインは同意した。

「だがどうしても得心のゆかぬのは、そんなにもたくさんのことを一人の人間がそんなに短期間になしとげ得たのだろうか、ということだ。俺がもし、それを他の人間のしたことして聞かされたとしても、とうてい話半分にしか聞けなかっただろうに、なんだって、それが自分の話だ、などといわれて信じることが出来るだろう？」

「だけど、まったくそのとおりなんだもの」

マリウスはおかしそうに云った。

「そして、それ以外にだって、あなたはたぶんぼくのまったくあずかり知らぬところで本当に数々の冒険を重ねているはずだよ。——たとえばぼくがキタイでとっ捕まってあのイヤななまっちろい淫魔にひどい目にあわされているあいだにだって、あなたは単身シルヴィア皇女——とぼく——を助けにキタイまでやってくる途上で、たくさんの冒険を経ているはずなんだ。そのあたりは、ぼくはほんのちょっとことばのはしばしでしかまだ聞き出す時間がなかったんだけれどね。あなたが記憶を取り戻したら、ぜひとも早いうちにそのへんを全部聞いて、何かに忘れないよう書き留めておきたいと思うよ。ぼくは、自分のおおいなる使命のひとつは、『ケイロニアの豹頭王のサーガ』を書くことだ、と思っているんだもの。……だから、最初にあなたとゾルーディアへの旅だの、氷雪の北方だのに旅している途中からもう、熱心にあなたのこれまでに経験してきたことを知りたいと思い——書留められなかった分だって、ちゃんとかなりの部分頭のなかにしまってある。だからいま、こうやって話してあげられるんだもの」

「ウーム」

またグインは唸った。

「なかなか、おのれのことでなければ、興味深い人物だ、と思ったと思うのだが——それにしても、お前の話をきけば、やはりあの〈闇の司祭〉グラチウスというのは、ゆだんならぬやつなのだな」

「ゆだんならぬ、どころか」

憤慨してマリウスは云った。

「この中原にこのところ起きているたいていの災厄や紛争の原因の半分以上は、あの〈闇の司祭〉のせいじゃないかしら、と思うくらいだよ！　最初はそこまでは、ぼくもわからなかった、なにしろ敵は偉大なる魔道師なんだしね。ぼくは、まったくの普通人だから——そういう魔道的な意味ではね、だからなかなか理解できなかったんだけど、やはり黒魔道師っていうのは、よくないよ、絶対に。かれらには倫理観念というものがない。ぼくにだっていいかげん道徳観念も、善悪の概念もないようにケイロニアのお堅いおじさんたちは云ったけれど、ぼくにとってだってちゃんとしてはいけないこと、というのもあるよ。だけどグラチウスにはそれがないんだ。ただ、なんでもかんでも面白がるばかりで。——その意味では、第一、あの連中がシルヴィアのことをひどい目にあわせて、あんなにしてしまったんだからね……あ、いや……」

その『あんなに』された状態、というものについて、グインには、いまとなっては何の記憶もないのだ、と気付いて、マリウスはあいまいな口調になった。

「まあその——ぼくだって、知らないことについてはあまりいろいろ云えないので……グインとシルヴィアとの結婚生活について、あまりいろんなことは云いたくないんだけれど……ただ、これはしょうがないからちょっとだけ云ってしまうけれどね。あなただって、自分がかつてどのような状況にいたんだ、ってことをなるべく正しく知らなくてはいけないだろうから。……あなたと《堕落した皇女》シルヴィアでは、あまりにもふつりあいだ、と思っていたケイロニアの宮臣、重臣たちはいくらでもいたと思うよ。選帝侯たちでもね！——まあ、シルヴィアってのも、昔から、悪い娘じゃなかったにせよ、とにかく我儘でもあったし、しょうもなかったし、かんしゃくもちでもあったし——まあお母さんがああなったってことを考えれば、同情の余地のある点もないわけじゃないけれど、でもやはり、この世の中もっと辛い境遇から、ちゃんと立ち直った女の子だっているんだからね。それであんなに我儘でかんしゃくもちで、自分で自分を辛いはめに追い込んでいるんだ、っていうことは、彼女だっていつかは覚えないわけにはゆかなかっただろうに——でも本当に、あなたが大事にしてあげて、それで彼女はずいぶん救われたと思うんだけれどね……」

「そうなのか」

つらそうにグインは云った。記憶を失って以降のさまざまなことがらのなかで、グインにとって一番ひっかかってもおり、釈然ともせず、また微妙な苦しみの原因でもあるのは、まさしくこの《妻》の存在であるに違いなかったのだ。

「だとすると——その俺がこのように、彼女に関する記憶をもいっさいがっさい失ってしまっている、というようなことは、彼女にとっては、きわめてよくない結果をもたらすような……そういう可能性もあるのだろうな」

「それは……あるだろうね。というか、ぼくから見れば、記憶喪失なんて、なってしまった人間が一番大変で、だからまわりのものが、それは病気としてちゃんと気にかけてあげなくちゃいけないと思うのだけれど、シルヴィアという娘《こ》は、とにかく、そういうふうにものごとを、ひとを思いやったり、当の本人が一番苦しいはずなんだ、というように思うようなことがまったく出来ない子でね。……悪い子じゃあなかったんだけどなあ……結局、甘やかされていたというか、それともちゃんとしつけてやる親がいなかったからというか……ということなのかなあ。我慢したり、がんばったり——自分で立ち直ったり、っていうことがとても出来ないんだって、タヴィアもよく云っていたなあ。タヴィアは、あとから宮殿に入ったし、それに、自分がきたことでシルヴィア皇女が立場をおびやかされたと感じるのではないかと、それはそれは気に病んでいたから——彼女は、ってタヴィアのことだよ、タヴィアはケイロニアの皇女の地位だの、いずれは女帝になるだろうかとか、そういうことにはおかしなくらい興味のない人でね。とても高潔な魂の持ち主なんだ。それだけは確かだよ——最初は復讐心に凝り固まっていたけれども。だから、なんとかして、シルヴィアに自分がシルヴィアの世継の皇女としての権利をおびやかす可能性などはまったくないのだということを信じてもらいたいとしょっちゅう云っていた——彼女はとても孤独に育ったから、そんな、世継だの、女帝だの、ということは本当にどうでもよくて、ただひたすら、本当の父親、そして本当の妹が出来た、ということに感激していたんだけどね。——家族に飢えていたからね。でも、父親はともかく、妹のほうは、一切彼女に近づこうとさえしなかったので、やがてついに、シルヴィアとのあいだに姉妹としての愛情を通わせることはあきらめざるを得なかったんだ。シルヴィアのほうは、顔をみても挨拶さえしないっていうありさまでね。でもあれはたぶん、タヴィアが皇帝の世継の地位をおびやかすなんていうことより、タヴィアがきれいで、そしてとても堂々としていて立派で、誰にでも尊敬され愛される、ということそのものにすごく嫉妬していたんだと思う。なかなかそういう意味では不幸な娘だったよ。べつだん、自分だってそんなにぶさいくなわけでもなんでもなかったのに。そう——ちょっと痩せすぎていたし、ちょっとその……タヴィアほど目立つ顔立ちではなかったかもしれないけれど。女の子ってのも、可愛想なものだね」

「ああ」

「きっとシルヴィアのほうは、グインが帰ってくるのを首を長くして待っていると思うよ」

ためらいがちにマリウスは云った。マリウスにとっても、そこは、なかなかにデリケートな領域だったのだ。なまじ、かれはキタイでシルヴィアと一緒に閉じこめられていただけに、シルヴィアについては、たぶんグインよりもさえ多くを知っていたのだったから。

4

「まことに下らぬことを聞くようだが」

　グインはためらいながら云った。

「こんなことを、他人にきくことそのものがどうかしているのだが……第一、そんなことをきいたところでどうなるものでもないのだが……俺は、その……そのサイロンの黒曜宮という宮殿にいたとき、その……妻であるシルヴィア皇女という女性と――とてもその――」

「愛し合っているように見えたかって？」

　すばやく察して、マリウスは引き取った。

「そうだねえ。少なくともあなたのほうは、いくらじゃけんにされても、罵られても、実に誠実に忠実に、そして優しく彼女を守り愛そうとしている、と見えたと思うよ。宮廷じゅう誰ひとりとして、グイン王がその王妃を、財産や地位めあてで結婚した、などと思っているものはいなかった。というか、黒曜宮じゅう全員が、あなたの味方だったよ、グイン。ぼくは、とても宮廷生活には我慢がならなかったので、ひまさえあれば厨房だの、裏手の薪作り小屋だの、うまやだの、庭園だの、そんなところに入り込んではいろいろとしもじもの働く人たちの話をきくのが楽しみだったんだけどね。かれらこそ一番率直な意見をもっているものだろう？　何の直接の利害もないだけにさ。おえらがたのあれこれとね。――だけど、あなたはある意味では、一番そう云われやすい立場にあったと思うんだよ。皇帝の娘をめとって、ただの風来坊としてあらわれた一介の傭兵が、みごとケイロニア王にまで成り上がった、ってね。同じこと――まあ同じようなことをやって、モンゴール大公アムネリスと結婚してモンゴールの将軍からゴーラの僭王となったイシュトヴァーンはあれだけ、地位ねらいだ、とひどく云われたんだし――事実まああいつの場合はそのとおりだったと思うんだけれど。でも、あなたはそうじゃない、逆に宮廷のものたち全員が、あなたは――ごめんね、こんなことをいって――シルヴィアさまには勿体なさすぎる、あんな我儘でぶさいくで何ひとつまともに出来ないみだらな娘に、どうしてあなたのような英雄が縛りつけられていなければいけないんだ、と――そう、ひそかに言い合っていたものだよ。いやな話だけど、でも本当のことは、知っておいたほうがいいよね？　グイン」

「それは……たぶん、そのとおりなのだろうな……」

いささか沈んだ声でグインは云った。

「俺は――彼女をだまそうとしていたのだろうか？　俺は、ケイロニアの皇帝の娘婿になり、ケイロニア王の地位を得るために彼女と結婚したのだと思うか？　マリウス」

「ありえないよ」

言下にマリウスは断言した。

「それだけは何があろうとありえない。というか、あなたは、地位を目当てに何かするようなひとじゃない。金でも、名誉でもね。――あなたを動かしているのはもっとずっと高貴な、崇高な――あまりに高貴で崇高なので普通の一般の庶民たちにはなかなか理解しがたいような動機だけだ。あなたは、この世のひとびとすべてが幸せになるように、という信じがたいような動機で動いているようにしか、ぼくには思われない。本当にあなたのような人間が存在するのだ、とやっと信じ始めたとき、ぼくは思ったものだよ。この人は、豹頭かどうかなんて問題ない。この人は、いま現在、王の座にいるかどうかなど関係ない。まさに、こういう人が――人々の幸福と平和を何よりも願い、そのためにいのちを投げだそうと本気で思えるような人こそが、《生まれついての王》なのだ。この人は、王座についていなくても、王冠をかぶってなくても、王なのだ……とね」

「……………」

「あなたはぼくを助けてくれた。ぼくとイリスを助けてくれ、ぼくとシルヴィアをキタイから救出してくれ――アキレウス帝を助け、ユラニアをグラチウスの陰謀から救い、そして<ruby>パロを内乱で潰滅する危機から救い、そして中原を救った。あなたは、救世主だ、とぼくは思ってる」

「俺が、救世主だと」

グインは奇妙なふるえる声で云った。マリウスはそっとそのグインのたくましい大きな手をとった。

「そうだとも。——ぼくが思っているというだけじゃない。あなたは、そうなんだ」

「自分が何処からきたかさえ思い出せぬ救世主」

グインは限りないにがさをこめてつぶやいた。

「自分の氏素性さえ知らぬ救世主。そんなものは、許しておくわけにはゆかぬ。そんなものの存在は危険すぎる」

「誰にとって？　世界にとって？」

「——ああ」

「ケイロニアも、中原も——あなたが戻ってくるのを一日千秋の思いで待ちわびていると思うよ、グイン」

「だがそれは、この記憶を失って何がなんだかわけがわからず、混乱し、不安ないまのこの俺じゃない。かつてのその、やたらと何でも元気よくやってのけたその俺の知らぬ男だ。その超人的な男は救世主だったのかもしれぬが、いまの俺は自分のすることの何が正しいのかどうかさえわからぬ。いまの俺はただの愚かな混乱した放浪者にすぎぬ」

グインはひどく激した声で言い放った。

「こんな姿を――いやしくも俺を愛したり慕ってくれたりしている人々の前に見せて失望させるわけにはゆかぬ。それは、これまでに俺が作り上げてきた伝説をいちどきに裏切り、手ひどい失望と落胆のなかに追いやってしまうだろう」

「その記憶をまったく失ったままでも、あなたは、モンゴールの若い反乱軍の指導者を救ったり――イシュトヴァーン軍からスカール太子の一行を救ったりしたのじゃないか」

「救ったわけじゃない」

グインは混乱したようすで弱々しく云った。

「あれは――ただ、つねに、そうせざるを得ない事情があって――」

「あなたはたぶん、これまでも、救世主になろうなんて思ったわけじゃなくて、そうせざるを得ないから、そうしてきた、だけのことだったとぼくは思うんだよ」

マリウスは優しく云った。そして、つと背のびして、グインの頭を優しく胸にかかえよせて撫でてやった。

「心配することはないよ、グイン。あなたは何ひとつ変わっていない。あなたがそうやっていろいろと悩み苦しむのが一番恐しいことのような気がぼくはするよ。何かいったん事件がおきればたぶんあなたは何も考えることもなく、そのからだが習い覚えたように判断し勝手に動く。そして、それがもっともつねに正しい結果を生んできたんだろうとぼくは思っている。――ねえ、これはまた、長い旅の途中でゆっくりとぼくのざんげ話としてきいてもらいたいと思っているんだけどね、グイン」

「ああ……」

「ぼくは、とても――とてもたくさんの人たちから、『いろいろな苦しみや難儀から、いつでもすぐうしろを見せて逃げ出してしまう弱虫』と罵られていてね。――ぼくの妻も、何回もぼくのことをそういったよ。あなたは逃げる、だからものごとを、よくするつもりでいけないように、いけないように導いてしまうんだ、ってね。――まあ、その根本にあるのが、あなたと同じように、ひとによくしたい、という純粋な気持ちである、ということだけは、さしものきびしい裁判官である彼女も認めてくれていたようだけれども。だけど、ぼくは……いつだって、逃げようなんていうつもりはこれっぽっちもなかった。確かにぼくは弱虫だし、戦うのもひとの血をみるのも大嫌いな臆病者だけれど、それでも、信念のようなものは持っているつもりだし、そして、戦って事態を切り開く、ということが出来ないんだったら、より力あるものに解決してもらったり――自分に出来ないと思うことをひとに頼ったりするのがどうしていけないんだろう？　ぼくに出来ることなら、いつだってぼくは喜んで、心から喜んでするんだから。たとえば、ぼくが歌えば戦いが終わるだろうとか——ぼくが歌えばものごとがよくなるっていうときには、ぼくはいくら歌い続けたってちっともつらくもない、のどがかれてつぶれてしまったってちっともかまわないと思っていたよ。ぼくの歌が誰かを救う役にたつのだったらね。——だけど、ぼくは戦うのは大嫌いだし、第一剣なんかかいもく握れやしない。どうしても剣でなくてはこの事態は切り開けない、ということに決定的になってしまったとしたら、それは、ぼくとしては、自分の知っているぼくよりずっとよく事態を打破できる剣の専門家に頼ったほうがいい、と考えたとして、どこがおかしいの？　それが一番論理的なんじゃないかとぼくは思うんだけれどな。それとも、ぼくが、戦うのが大嫌いで絶対いやなこのぼくが逃げないで剣をとって、一瞬で切り倒されてしまう、というのが、かれらの考える正義の望ましいすがただったというわけなのかな？」

「さあ……」

「でもみんな、やっぱりぼくがなすべき責任を果たしてない、果たしてない、っていうんだよ。——それについては、ぼくもあまりにもしかしたらひとと考え方が違うのかもしれない。だから、わからないことがあるのかもしれないな、と思うんだけれど……でもね、グイン」

「ああ」

「ぼくたちは、ひとのために生きているわけじゃないよね。たとえひとのためにいろいろよかれと思って何かしてあげるにせよ、それはまた別の問題として。最終的には、ぼくは自分自身のために生きているわけだし、その自分にとって大事なひとだから愛したんだし、愛するひとだから守ろうと思ったり、幸せでいてほしいと思う。それはごく自然なことで――べつだん身勝手なことでも、おかしなことでもないと思うんだ。本当の意味で、《我が儘》なのって、けっこう大事なことじゃないかしら、って思ったりするんだよ、ぼくは」

「………」

「だって、ぼくは、ずっとよく我儘だ、我儘だって、云われてきたけれど、でもね――」

マリウスがちょっと声を強めて続けようとした、そのせつなだった。

「待て」

ふいに、グインが鋭く制したので、マリウスはびくりとした。

「どうしたの。グイン」

「わからん。なんだか妙な気が――待て」

グインはいきなり、大地にくずれ伏したのでマリウスは目を丸くした。グインが気分が悪くなったのかと考えたのだ。だがそうではなく、グインは丸い豹頭の耳をぴたりと大地におしつけていた。

「誰かくる」

グインは鋭く云った。

「それもかなり大勢だ。馬のひづめの音もする。——追手、などというものがわれわれにかけられているのかどうかわからぬが、とにかくいったん身をひそめておこう。めったにはひととゆきあうようなこともありえない、こんな裏街道の旧街道筋のことだからな」

「誰か……って、誰が」

「それがわかれば誰かではない」

グインはきっぱりと云った。そして、すばやくあたりを見回し、細いなかば草にうもれている旧街道のかたわらに繋っている林のなかにためらわず飛び込んだ。

「この茂みのうしろは相当よく繋っていてここならばまずすがたを見られるおそれはあるまい。——むろん、こちらをそれと知ってあたりをしらみつぶしに探しまわりながらきているような者たちだったらともかく——だが、いまのところ俺にもお前にも、そこまできびしくいのちを狙うような討手が何かかかっているとは思えぬ。ただの山賊どもに偶然ゆきあったとか、そういう可能性も高い。さ、ここに入れ。マリウス」

「わ、わかった」

マリウスはすばやくキタラを抱いて、云われたとおりにした。草をかきわけて灌木のしげみのあいだに入り、グインが作ってくれたくぼみの中に身を落ち着ける。そのまわりに、グインはすばやく、まわりの繁った枝を折りとって何本か灌木の上にさしかけ、臨時の穴蔵のようにしてしまった。外からはもう、そこに誰かがいるとはとても見えぬ。

「これは、なかなかあったかくて具合がいいね」

マリウスがひそひそ声でいった。

「今夜の宿はここに決めてもいいくらいだ、ちくちくするのさえなければね。――それに、いつのまにかずいぶん暮れてきたんだね。もう西の空がだんだん赤く色づいてきている。なんてきれいな夕焼けだろう――でもまた今夜も野宿するなら、早いうちに、もうちょっとゆっくりできる草地を――さいわいもう今夜も雨が降ったりはすることはなさそうだけど……」

「シッ」

グインの手が、ぐいとマリウスの口をふさいだ。

「来るぞ」

(いったい、誰が……)

それでもしぶとくまだマリウスはしゃべろうとしたが、もはや錯覚ではありえぬほどに街道にとどろきはじめた大勢のひづめの音をきいてさすがに口をつぐんだ。

かつかつかつかつ――と、なかば草に埋もれた旧街道の赤いレンガの敷石を踏みならして近づいてくるひづめの音はかなりたくさんだった。やがて、マリウスはまた、あっと叫びかけてあわててこんどは自分で自分の口をふさいだ。グインはもとより、茂みのかくれがのなかにトパーズ色の目を爛々と燃やして、もはや口ひとつきこうとはせぬ。

さほど、緊張しているようすではないが、一瞬の油断もみせぬその目は、じっと旧街道を近づいてくる遠い砂煙を見守っている。それはしだいに近くにやってきた、と思うと、たぶん百騎ではきかぬであろう、騎馬の一団の姿になった。

（これは……）

マリウスは本当は口をききたくてたまらぬのを、懸命に自分をおさえながら目を丸くする。

（いったい、どこの軍勢だろう……）

二百騎、いや、三百はいるだろうか――と、マリウスはざっと目で数える。

全員がそろいのよろいかぶとをつけているわけではなかったが、ひとつきわだった特徴があった。かれらは全員、よろいかぶとはばらばらだったが黒いマントをつけ、その上から真紅の長いえりまきのような布を首にまき、背中にかけたマントの上に垂らしていた。かぶとの面頬をおろし、装備は厳重だ。かなり訓練された騎馬隊であることは、その乱れのない動きでわかる。

（誰だ――首領は……）

だが探すまでもなかった。

（こいつだ。首領）

その騎馬隊の先頭にたつ一騎。

それもまた、赤い布を首にまいて、黒いマントの背中になびかせている。銀色の、かなり使い込まれた傭兵の鎧、かぶとはちょっとかわっていた。ふつうのモンゴールやゴーラのかぶとは、下半分ががちゃりと上に持ち上げるようになって面頬をあげたりさげたりするように出来ているものだ。だがその先頭の騎士がつけているかぶとは、まったくつぎめのない、銀色ののっぺらぼうな仮面のように見える奇妙なものであった。その目のあたりに、細長い窓が二つあいている。口もとまでもそのようにしておおいつくしてしまったら、息苦しくはないのか、と見ているこちらが息苦しくなってくるようなかぶとだ。その分、完全に顔を隠す役にはたっているだろう。その額のところに、何かの紋章が描かれているのがみえたが、マリウスのよい視力をもってしても、かなりの速度で馬を走らせている連中の額の紋章は見分けるところまでゆかなかった。ただ、それが黒いことだけはわかった。

（何……）

何か妙に、奇妙なかたちだな——マリウスがなおもそれを見分けようとしていたとき、ざっと荒々しいひづめの音をたてて、その首領らしい一騎をのせた芦毛がかれらのひそむ茂みの前を駆け抜けた。誰も、何も気付くことなく、そこにグインとマリウスが隠れているることにもまったく気付かれることもないままに、謎めいた一団はそのままかけぬけて、かれらの前を通り過ぎ、風のような勢いで去っていってしまった。まったく足をゆるめることもなく、早足で駈け去っていったのだ。

その一団のうしろすがたが遠くなり、さらに、見えなくなるまで、グインはマリウスにもう出てよいと云わなかった。なおも後続部隊があるかもしれぬ、ということを警戒していたのだ。それから、そっとまず自分が出ると、また大地に耳をあて、遅れてくる次の部隊がいないことを確かめた。

「とりあえず、あれで全部ということだな」

つぶやくと、グインは、マリウスを茂みのなかからひっぱりあげるのに手をかした。

「わ、足がしびれちゃった」

文句をいいながら、マリウスはまた街道の石畳の上に這い上がる。

「何、あれ、いったい誰なんだろう。どこの軍勢——いったいどこへ向かう最中……」

これまで黙っていなくてはならなかったことの腹いせとばかりに大声をはりあげる。あたりはまたふたたび、誰もいない、ひっそりとしずまりかえった、かれらだけの世界にもどっている。もうそろそろ日没だ。

「ねえ、グイン、あれは一体何者なの！」

「俺に聞くな」

グインは実に当然の答えをした。

「俺に聞いてもわからん」

「そ、そりゃそうだけど。でもなんか紋章がついてたよね！　ぼくからはよく見えなかったけど、グインには見えた？　あれは何の紋章だったの？」

「さあ——俺には何だかよくわからなかった。見たことのない紋章だったようだ——もっとも、大半の紋章など、いまの俺は見たことがないが」

「三百はいたかな」

「いや、もう少しいた。四百騎まではゆかぬだろうが、三百五十はいたのではないかと思う。——半端な数だな」

「……って？」

「いや」

グインは考えこんだ。そのトパーズ色の目はせまりくる黄昏をうつすかのように光っていた。

「もしも、いくさがあってどこかの国の軍隊が動くのなら、千を割る数ということはあるまい。といって、伝令や早馬なら、あんな大人数でいちどきに駆け抜けてゆくことはあるまい。もしも大事な使者でも、とりあえず二十騎、三十騎というところがせいぜいだろう。――それを思うと、なんだか妙に半端な数だ。……それに、あの先頭に立っていた武者……」

「ああ、あれね。あののっぺらぼうだろう？　なんだか、気味が悪かったんだけども」

「気味が悪い」

「グインは、そう思わなかったんだ？」

「俺はべつだん、気味悪いとは思わなかったが……」

グインは首をかしげた。

「変わったよろいかぶとだなとは思ったが、まああいうののほうが頑丈だし、正体を隠すにはよいだろうということは確かだしな。――なぜ、マリウスは、気味が悪いと思ったのだ？」

「わかんないけどね。なんだか……そうだなあ、なんとなく、吟遊詩人的な言い方をするとすれば……ただものじゃない怨念の気みたいなものが、あの一騎の全身を包んでいた、という、そういうことかしらん」

「怨念の気、だと」

「そう、これはもちろん、まったくのぼくの直感と本能だからね。ぼくはとにかく詩人なんだから、直感と本能でだけ動いている人間なんだもの、それにあまり根拠を求めても駄目だよ」

「……」

「いったい、どこからきて、どこへゆくんだろう。——こっちからきたということは、やっぱりモンゴールの方向からきたのかな」

「……ああ」

「で、ぼくたちのゆく方向へ……西南、までゆくかどうかはわからないけど、でも少なくとも南へ向かっていた」

「ああ」

「この先には何があるか」

マリウスは頭のなかにこのあたりの地図をひろげてみるように目をとじた。

「このさき、まだ一日二日歩かないと、南ユラニア平野の領域には入らないはずだ。西側にむかってゆかないでどんどんまっすぐに下ってゆけば——そのさきはボルボロスの砦」

「ボルボロスの砦」

その単語を刻みつけようとするかのようにグインがいう。

「そう、クムとモンゴールの国境の砦。それをすぎれば、そこにはカムイ湖の湖水がひろがり、湖の国クムに入る。——クムには、高い山はほとんどない。森はゆたかにあるけれどね。でもここからパロに入るためには結局、さらに南東に道をとって、モンゴールの南部をつっきってまた自由国境地帯に出て大回りして――アルシア連山、アルムトまわりでパロに入るというルートをとるか……これはずいぶんな回り道になると思うけど――それとも、カムイ湖を船で下り、タルガスでオロイ湖にさらに入って、オロイ湖を船でつっきってガナールまでゆき、そこからクムの南辺をぬけてランズベール川をさかのぼってパロ領内に入るか、っていうことになる。こっちは、ずいぶんと――どうしたってひと目には立ってしまうことになるし、あなたの姿を見られればどうしたって、なんだかんだと面倒ごとはおこるだろうけどね。……あるいは逆に、まだ比較的山林の続いているうちに旧ユラニア領に入り、そこを横切ってサンガラまでいって――いややや、でもこれはとてつもない遠回りの上に、結局はけっこう人目にふれるところを通り過ぎることになるなあ。まあ、うまい変装が思いつけば、たいていのことはぼくが口車でかわせるから、船でいってしまったほうが早いんだけどね……あ、そうじゃなくて、いまはあの連中がどこにゆくつもりなんだろうと考えていたんだな」

「ボルボロスの砦か」

ゆっくりとグインはまた云った。

「そう、でもボルボロスまではまだけっこうあるよ。それにあんななんだかよくわからない連中が、旧道でない、新道のほうの赤い街道を通っていったら、これまたたいへんな評判になり、早速にどこかの街道守護隊にとめられて誰何されることになると思うんだけれど。まあもちろん、正式の通行手形とかを持っていれば別だけどね。でもなんだか、あのようすは——自由国境地帯の盗賊団とは思えないなあ。もっと、それなら装備もばらばらだし、かっこうも汚らしいはずだし」

「ウム……」

「昔は、赤い街道の盗賊団てのが、あたりを荒らし回っていてさ。それの首領があのイシュトヴァーンだったってわけなんだけど」

マリウスはまた憎らしそうに云った。

「それがいまじゃゴーラの王様！　僭王、っていわれるのも無理はないよ。でもそんなことより、そろそろ今夜のことを考えなくっちゃね。ぼくはいまの茂みのなかでも、もうちょっとちくちくさえしなければ文句はないんだけど。まだ当分、手足をのばして安楽にベッドに寝るって贅沢は味わえそうもないねえ」

第二話　スーティ

1

その、数日後であった。

さきに旧街道で出くわした、謎めいた騎士団のことは、いくら論議してみてもつまるところは答えの出ないことでもあったし、また、それらとのあいだに何かもんちゃくが起こったわけでもない以上、ある意味では、いかに珍しいものに出会ったといっても、旅の途中でかわった風景を見た、というのとあまりかわらない。それきり、また同じような、騎士団がやってくることもなかったし、また、あの騎士団が引き返してくることもなかった。考えてもしかたのないことは、グインにせよマリウスにせよあまり考えぬほうであったから、最初はマリウスが興奮してしきりとその謎めいた騎士団についてあれこれ推理していたものの、やがて野宿の準備をするころには、すっかりかれらもその話をどこかへやってしまった。

夕食と、翌朝の朝食までは、マリウスが稼いできたその前の小さな集落でもらった食物で間に合った。もっとも硬い堅焼きパンと、干し肉と果実の煮たものや干したもの、という質素きわまりない食事ではあったが、マリウスもグインもあまり食べ物に文句をいうようなたちでもなかった。そういう意味でも、かれらは旅の道連れとしてはちょうどよかったに違いない。

もっともマリウスはおいしいものはおおいに好きであったが、食べられれば喜ぶていどで、何がなんでもこんな道中でまで美食を求める、というような性分ではなかったのだ。とりあえず、腹を満たすことができて、健康に元気よく旅を続けることができれば、かれらは満足であった。

「でも、また今夜になるまえにどこかの村でも探して、ちょっと食べ物を買ったり——商売してこないといけないだろうなあ」

マリウスは朝になって、さいごのパンを切りわけながら云った。

「どうしてもね、こういう小さな山あいの集落とかだとねえ。商売するといっても、たいしたかせぎにはならないんだよ。あまり高い値をつけると、そもそも買ってくれなくなっちゃうしね。——これが、どこか町のお金持ちの家にでも招かれると——それが未亡人だったりしたら、これはもう、おおいに歓待される上に、たいへんな御馳走をしてもらって、何日も逗留するよう誘われて——もちろん、歌やぼくのそのう、《おつとめ》が気に入ってもらっての話だけど、揚句、出発するときには涙の別れでほんとにたくさんのせんべつを貰うなんてこともあるんだけど。……どうもねえ、やっぱりぼくは根っからこういう旅にこそ、向いているんだろうねえ」

「ああ、そうなんだろうな」

グインは同意した。

「だが、俺も——お前とはまったく違うふうにしか旅はせぬだろうが、決して旅は嫌いではない。というより、とても好きのようだ。誰ともゆきあわず、好奇の目を向けられぬ、ということもあるが、それにも増して、こうして誰もおらぬ静かな街道を歩いていると、なんとなく、そうだな……《世界の声》がもっともよく、聞こえてくるような気がするのだ」

「へええ」

マリウスは目を丸くした。

「世界の声。なんか、わかるようでもあるし、わからないようでもあるなあ」

「自分でも、よくはわかっているわけではないかもしれぬと思うのだが」

グインは笑った。

「ただ、なんとなく——俺には、いろいろなものに特有の声やことばがあって、それが語りかけてきている——それのいうことばに耳を傾けられさえすれば、それらが俺を正しく導いてくれる、というような奇妙な気がしてならんのだよ。おかしなことだがな——こうして気が付いて突然、おのれがまったく記憶を失ったままここに存在しているのだ、と気付いたとき、そのまま足元から崩れていってしまいそうな恐怖と不安のなかで、俺を呼び戻してくれたのは、砂漠のささやきかける声であったり、星空の指し示してくれるものだったり——せせらぎや鳥の声が呼びかける声だったりした。それらが、（あなたはここにいるのですよ。あなたはここにいていいのですよ）と俺にそっと囁いてくれたような気がしてならなかったものだ」

「ふうん。もしかして、グインって、ぼくと同じようにカルラアの民の素質があるのかもしれないなあ」

マリウスは楽しそうに笑った。

「歌おうと思ってみたことはないの？　それは、ぼくが、歌を思いつくときのやりかたとよく似ているよ。ぼくは、何も歌を考えたりしないんだ。ただ、目をとじて、心をひらく——そうすると、すべてが、いろいろなひとびとの思いや、まわりの自然、それこそいまあなたがいったような星空や小川のせせらぎや砂漠がぼくに語りかけてくるので、ぼくはただ、それをことばにして、韻律をつけ、音階を付けて送り出してやればいいだけなんだ。あとは、それにふさわしい和絃をキタラで鳴らせればいい。歌うタネに困るだろうと思ったことは一度もないよ——もちろん、すでにあるいろいろな歌も大好きだし、そらで覚えているのも、三千や四千ではきかないと思うけれどね。どういうわけか、一度きいた曲の旋律というのは、それで覚えてしまうんだよ。おまけに、決して混ざらない。いろいろなひとの顔を見ても、かなりだれそれに似た人だなとは思っても、並んでいたら決してまざることはないだろう？　それと同じように、ぼくにとっては歌も音楽もみんなそれぞれ固有の顔と声とことばを持っている。そして、ぼくの送り出す風のような歌は、そのときどきで空中にかけり、忘れられてゆく、吹きすぎてゆく風みたいなものだ。——だけど、その風がいっときひとの心をいやすことが出来るのならね——ああ、もちろん、ちゃんと考えてちゃんと覚えて、ぼくの作品として歌っている歌だってたくさんあるけれども、たいていのときはぼくは、自分の心のなかにそのときどき浮かんできたとおりに歌う——グインがいうのも、そういうことなのかしらん」

グインは笑った。

「さあ、たぶんそれと同じようでもあり、違うのかもしれないが」

「俺は歌おうと思ったこともないし、歌えると思ったこともないが、お前が歌にそれほど堪能なのだけはいつも羨ましいと思うぞ。それに歌っているお前、歌のことを話しているお前はいつもこよなく楽しそうだ。俺にも、そのように愛することのできるものがあればいいのだがと、いつも思うのだがな。——いや、だが、これはおかしないいぐさだな。まだ、俺はお前と出会ってから、数日一緒に旅をしたにすぎないのだからな。まるでこれでは、何年もよく知っている人間に対するようないいぐさだ」

「だって、そうなんだもの」

　マリウスは喜んで云った。

「ね？　だからグインのなかに、ぼくと一緒にいた時間の記憶、ぼくと旅した時間の記憶はちゃんと残っているんだ――とぼくは思うよ。グインは本当は何も忘れたりしてはいない。少なくとも、グインのからだの中にはちゃんと、覚えていなくてはならないことは残っていて、ただそれが表面に出てきていないだけだと思うんだ。きっと、何かのきっかけさえあれば、どっとそれが全部浮かび上がってきて、正しい場所に並ぶのじゃないかな。ぼくはなんかそんな気がしてならない。記憶をなくした、といったって、記憶はどこかにいってしまうわけじゃない。ただ、それは、きっとグインの中で混乱して、迷子になっているだけなんだよ。きっとそうだ」

「その考え方は、俺をひどく元気づけてくれる」

　しばらく黙り込んで考えてから、グインは重々しく云った。

「そうなのだと信じられさえすればよいのだが。――また、ともすれば不安の発作にさらわれそうになる。じっさい、人間にとって、記憶というものが、こんなにも自分自身の大きな部分を占めている、ということは、俺はこうなるまで気が付きもしなかったようだ――といったところで、こうなる以前の記憶があるわけではないのだが。だが、それはさておき、きのうのお前の話では結局、俺は最初にあらわれたときも記憶を失っていた。そうなのだな」

「と、グインは云っていたよ。でも、なんだか、ぼくの最初に会って一緒に旅をしていたころのようすでは、いまほど、そのルードの森にあらわれる以前の記憶がないことを気にかけているようすはなかった。それはたしかに、いろいろと不安に思うことや、自分の本当の素性や生い立ちはどうなのだろうということはあったみたいだけれど、それもそれほど大きな不安というわけでもなくて——もっと、いつもグインは自信にみちて、落ち着いているようにぼくなどの目からは見えたのだけれどね。それとも内面では、やっぱりいろいろと考えたり、不安になったりしていたのかもしれないけれども、でも少なくとも、過去はどうあれいまのこの自分は自分だ、といつもあなたは思っているように見えたよ」

「過去はどうあれ、自分は自分——」

グインは唸るように云った。

「それはまことに賢い知恵の言葉だ。吟遊詩人というものは箴言《しんげん》を語る賢人でもあるというわけか」

「賢人には程遠いけれど、先賢の箴言はたくさん覚えてはいる、というだけだな」

マリウスは笑った。

「自分自身はもっともいつもわけがわからず、不安に怯えているけれどもね。――本当に、結局のところグインのようにはっきりと記憶をなくしたということがなくても、明日のことは誰もわからないし、昨日もまたけっこうみんな忘れていたりして――昨日も明日もみなこころもとなく、不安に怯えているのが、われわれ人間のまことのすがたなのじゃないかな」

「だからこそ、それにつけいる黒魔道師などというものが登場してくる余地もあるということなのだろうがな」

吠えるようにグインは云った。

「だが、俺はずっと考えていた。――過去にあらわれたときにも記憶を失っていたということは……俺がもしそれ以後の記憶を取り戻しても、『本当の、生まれ落ちてからルードの森にあらわれるまでの俺自身』は思い出せないかもしれぬ、ということでもあるのだな。――これは、俺にとってはなかなか衝撃的な事実だ。それにもし、逆に、何かのはずみで、生まれてからルードの森にあらわれるまでの記憶のほうを取り戻し得たとして、こんどはルードの森に出現してから以降の記憶を失ってしまうことになるとすると――俺は、お前のいう、そのお前と旅をしていたときの記憶や、その――シルヴィアというお前の妻の妹であり、俺の伴侶である女性と出会い、救出し、結婚するまでの記憶、そのほかにも、実にさまざまな記憶を欠け落ちたまま生きてゆくことになるというわけなのだな。――そしてその、ルードの森以降というのは俺は『記憶を失った豹頭の戦士』として生きてきたわけだ。……それ以前の記憶を取り戻したとき、俺は、ルードの森以降のおのれ自身と、それ以前の自分とを、どのようにして一致させられるのだろうか？　また、いま記憶を取り戻したとき、俺は――どこの時点に、どのように立ち戻ることになるのだろうか……すでに、二度目に記憶を失ってこの世界に出現し――ノスフェラスにあらわれてからこっちだけでも、俺にとっては、ずいぶんといろいろな思いが重なってしまったように思われてならぬのだが……」

それは、グインにしてみるとずいぶんと長いことばと云えた。マリウスであったら、朝飯前の挨拶程度であっただろうが。

マリウスは考えこみながら、

「そうだねえ……でもまあ、記憶を取り戻してからのことは、記憶を取り戻してから考えてみても遅くはないんじゃないの？　いまはまだ、どのように記憶を取り戻すのか、それとも記憶が戻ったときどうなるのかだってかいもくわからないわけなんだし――そもそも、記憶が取り戻せるかどうかだってわからないわけなんだから……」

「それもまさしくお前のいうとおりだ。もう、あまり無駄なことは考えることはない、ということだな」

「特にこの山の中ではね。本当に、きょうもいい天気になりそうだし――鳥も啼いていいるし、花も咲いているし。きょうじゅうには、きっと山岳地帯のはじっこにつくだろうと思うんだよ。少なくとも、山岳部といってもだいぶんたいらなほうへむかって道は下りはじめている」

「ということは、人里が近くなってくる、ということだな」

うっそりとグインは云った。

「それまでに、もう少し、お前にいろいろなことを教わっておいたほうがよさそうだ。──もう、俺の脳味噌は、このところずっとお前に教わったいろいろな有益な知識ではちきれそうになってしまっているがな。まだまだ、たぶん俺はきわめて重大なことでたくさん知らないことがあるに違いない。今日も、いろいろと話してきかせてくれるのだろう」

「そりゃあ、もちろんだよ！　喜んで、出来るかぎりのことを教えてあげるよ。グイン」

──と、いうわけで……

その一日もまた、二人は、マリウスがあれやこれやとおおいに脱線しつつ奔放にしゃべりまくり、その一見まるで脈絡というものがないように見えながら、ふしぎといつのまにかちゃんと本筋に戻ってゆくという特技のある話にグインが重々しくうなづきながら聞き入っては、ときたま質問をする、という、そういうやりとりのうちに、午前中をずっと歩き続け、いったん休み——残されたごくわずかばかりの腸詰めと干し果実と、そのあたりの木々の枝からもぎとった新鮮な果実だけで、ごくささやかな昼食をすませて、またそれから歩き出して、話をしながら先を急ぐ、という一日を送ろうとしていたのだった。

が、その一日は、昨日やその前の日のように、おおむねなにごともなく静かにすぎてゆくつもりはないようだった。午後もなかばをすぎたころに、にわかに、うしろの山岳地帯の尾根のほうに、黒い雲がむらむらとひろがりはじめ、同時にあたりは急に曇って暗くなってきた。

「これはいけない」

マリウスはうしろの空をふりかえって見ながら、

「雨になりそうだ。ただの雨ならいいけど、あの雲の具合だと、雷雲も出ているようだよ。——雷雨になるかもしれない」

「どこかで、雨宿り出来る場所を探したほうがよさそうか」

「たぶんね。あんまりびしょびしょに濡れてしまうと——早いうちなら、お日様が出てくれれば、すぐかわいてしまうだろうけど、そのまま夜になってしまったりすると、濡れたまんま一夜を明かさなくちゃならなくなる。それはどうも、からだのためにもあんまりよさそうでもないしねえ。少なくともぼくはごめんだな……でもこのあたりには、洞窟みたいなものもなさそうだし――見渡すかぎりだいぶんたいらになってきたものねえ。それに、木の下で雨宿りしてもいいけれど、へたな木の下だとかえって枝からしずくが落ちてきてよく濡れてしまう」

「雨をみるのはなんだか久しぶりだな」

グインはつぶやいた。

「あのとてつもない山火事から、ようようなんとか逃れたとき、まるで天の底をひっくりかえしたような豪雨になったが――それ以来はじめてかもしれん」

「でもこのへんは……困ったな、あまり人家などもあるようじゃないな。もしも人家があったら、あなたをこっそりたとえばたきぎ小屋とかにかくれていてもらって、ぼくはもうひとかせぎして、明日の食い物を手にいれたっていいんだけれども」

「おお、降ってきたぞ」

鋭くグインが云った。二人は街道ぞいの木の下にとりあえず飛び込んだ。ぱらぱらと梢をうつ雨音がしはじめる。みるみる、さっきまでの明るさが嘘のように暗くなった世界に、銀色の筋が落ちてきはじめる。

「とりあえずマントのフードをあげて――もうちょっと小降りのうちにゆくところまでいってみる?」

あまり雨足がただちにはしげくならなさそうなのを見ながら、マリウスがいう。グインはうなづいた。

「そうだな。そのほうがいいだろう」

「ちょっと、考えたのだけれど、グイン」

「なんだ」

「ちょっとぼくだけ、先に走ってこのあたりの一モータッドくらい、調べてきてもいいかしら。なんとなく、人家がありそうな気がするんだ。そういうのって、ぼくはけっこう鼻がきくんだよ」

「それはかまわぬが、しかし濡れるだろう」

「それは大丈夫。それより、このあたりはあまり目印になるものがなさそうだな……たぶんこの雨のなかを、旧街道をやってくるものもいないとは思うけどね、あのきのうの謎めいた軍勢でもなければ。とりあえず見つかるのが心配だったら、ちょっとだけ木の後ろ側へでもまわりこんでいて、ぼくが戻ってきたら声をかけてくれる?」

「ああ、わかった」

「それから、キタラを濡らすのが怖いんだ。これだけ、悪いけれど、マントのなかに入れるようにして持っていてくれないかな。すぐ戻ってくるから。人家が見つかっても、見つからなくても、すぐ戻ってくるから」

「ああ。だが気を付けろ。突然こんなところにある人家に入っていって、しかもそのあとで仲間を連れに戻るなどといったら、山賊どもの下見と思われてとりおさえられてしまうかもしれんぞ」

「そんなにどじじゃあないさ。本当はだから、キタラを持っていた方がいいんだけれども、しょうがないね。この楽器は濡らしたら大変だから。——こんどどこかで革が手にはいったら、キタラの袋を作らなくちゃあ」

云うやいなや、マリウスは、もう、マントのえりをたて、吟遊詩人の三角帽子をまぶかにかぶり直して、雨のなかに飛び込んでいった。

グインは、それを見送り、もうちょっと葉っぱが密生していて雨をふせげそうに見える木の下——だが街道筋はよく見えるのをえらんで移動した。そして、云われたとおりマリウスの大切な古ぼけたキタラを革マントのなかにかいこみ、濡れないように気を付けて、そのまま座り込んだ。下の草はもう濡れていたが、まだ雨がそれほど激しくなっていないので、我慢できないほどではなかった。

そのままマリウスがかなりの早足で、雨のなかを南のほうへ街道を走ってゆくのを見送り、何を考えたところでどうにもならぬと、どっしりと座り込む。降りしきる雨はひどく激しくはないが、決して小雨でもない。しとしとと優しいさみだれではないが、叩きつける豪雨でもない。その雨の音はグインに奇妙にいろいろなことを思い出させた。

（雨……）

グインは、このような機会に、マリウスからあまりにも急激に詰め込まれた、おびただしい情報をなんとか多少整理し、咀嚼しようとつとめてみながらつぶやいた。

（そうだ……雨にもずいぶんと馴染みがある……この雨がかかる感じ、梢を叩く雨の音、風の音――なんとなく、俺の心の中には、ずいぶんといろいろな情景や、人々との出会いや、俺のいだいた感想などが眠っているような気がする。それがただ、おもてに出かたをわからずに、ぼこぼこと下のほうで泡立ち、落ち着かずに俺をうながし、早く外に出してくれと云っているようだ……）

（確かに、俺の記憶は失われて消えてしまったのではない。……それはみな、俺のなかにあるようだ。――だが、それはすべてがひとつの暗黒のなかに、混沌としてまざりあってしまっているらしい……それが何よりもの問題だ。それをどうすれば、順序よく、正しい場所にそれぞれをおさめられるのか。それが少しでもできれば、おそらく俺はいまよりずっとさまざまなことを思い出すことが出来るのだろうが……）

（待て）

はっと、グインはおのれ自身を制した。

（誰かくる。――この雨の中を）

（あの……あやしい騎士団か？）

雨は少しづつ、しげくなりはじめている。

グインはさらに林の奥のほうへ身をひそめた。茶色の古ぼけた革マントは、それに注意深く身をつつみこめば、この雨のなかで、灌木のなかにほとんど同化して、そうと知って探さぬかぎりはそれほど目立つとも思えない。

(それほど沢山ではない……雨の水煙をついて、あらわれてくる……一騎、二騎——三騎……)

雨のなかに、北のほうからあらわれてきた影のような騎馬武者は、結局五騎であった。

昨日のあの謎めいた騎士団の仲間なのかどうか、首には赤いえりまきはまいていないが、どこにも旗印や国の紋章などはつけていない。傭兵か、ともみえる。雨のなかを、マントをひるがえし、馬の首にしがみつくようにして、かなりの速度でかけさせてくる。先頭の一騎が、わけても、残りの四騎をかなりひきはなしていた。先頭の一騎はそれに気付いたらしい。グインの前あたりまできて、そこにグインがひそんでいると知るすべもなく、ようやくちょっと馬に声をかけ、手綱をひいた。

「どうどう。どうどう」

かなり、馬に馴れた騎士らしい態度と扱いである。たたらをふみそうになる馬をそのあたりをちょっと輪にかけさせて、首を叩いてなだめてやりながら、連れを待つ物腰が、長年馬に乗ってきたのだなとはっきり知らせる。

やがて、うしろにずいぶん小さく見えていた残りの四騎が、追いついてきた。

「隊長どの！」

ひとりが声をあげた。

「遅れました。申し訳ございませんッ」

「かまわん」

待っていた最初の一騎——《隊長》の鋭い声が、雨をついて、グインの耳にひびいた。

「だがもう遅れるな。俺を見失うな。——俺を見失うと、このあたりでは、何が待ち受けるかわからぬぞ。このあたりはいま、すでに《光団》の縄張りだからな」

「心得ております！」

「不調法をいたしました！」

「風の騎士に会うまでは、気を緩めるな。会ってから、我々の使命がはじまるのだ。そののちも、いっそう気を引き締めるのだ。よいな」

「は！」

「かしこまりました！」

「なんとしても、今日明日じゅうに風の騎士を探しあてるのだ。さいごに見たものがいた場所はここから十モータッドあまり——たとえきゃつらが噂のとおり、一日によく百モータッドを移動するとしてさえ、忍耐強く詰めてゆけばいつかは必ず追いつける。なんとしても、風の騎士に会わねばならぬ。なんとしてもな」

「心得ました！」

「よし、行くぞ」

隊長の鞭がたかだかとあがり、ぴしりと馬にあてられた。馬はひと声いなないて、雨中にまた走り出す。ただちに今度は遅れまいと、残る四騎も続いた。雨しぶきをたて、足元からは泥をはねあげながら、みるみる、五人の騎士たちは、南へむけて旧街道を遠ざかってゆく。

（………）

グインは、そっと、木陰のかくれがから首をのぞかせた。

《光団》

グインは口の中でつぶやいた。

（風の騎士だと。……それは一体何だ）

もとより、答えるものはない。ひとしきり、雨がざあっと激しくなってきたようだった。マリウスはなかなか戻ってくる気配もなかった。

2

いっぽう——

マリウスのほうは、おのれのその長年の吟遊詩人の放浪でつちかったカンを最大限に働かせて、なんとかして、この雨のなかで、今夜泊まることのできる人家か、せめて見捨てられた掘っ建て小屋をでも探し当てようと、懸命にきょろきょろしていた。

（駄目かな……）

だが、さしものマリウスもつぶやく。

（こんな、何もなさそうな……人家もないし……）

途中で街道をはなれ、思い切って右側におりて林の中に分け入ってみたのは、なんとなく、上から見下ろした木々の生え方で、もうちょっと奥に入ってゆくと泉か、川でもがありそうに思われたからだ。案の定、このカンはあたって、ちょっとゆくとごく小さな小川はあったが、このさいは、水の補給の役にはたっても、見つけたのが小川ではしかたがなかった。

小さな川にも雨がしきりと水面をたたきつけ、水面はざわざわとざわめきたって流れている。足をいれればくるぶしまで、いや、まあ膝くらいまではあるかもしれないが、歩いて渡れてしまいそうに小さな小さな川だ。

だが、その川を見つけて詳細にあたりを見回していたマリウスの目がふと輝いた。

「あ」

つと、雨のなかでかがみこんで、手をのばして小川の川っぷちの石のかげからひろいあげたのは、びしょ濡れになった、ひものきれっぱしのようなものだった。何に使ったのがこぼれ落ちたのかさえわからない、ごくささやかなきれっぱしではあったが、それは、このひとけのない街道ぞいを旅してきて、マリウスがこのあいだの集落以来、はじめて見つけた、このあたりにもちゃんと人が住んでいて、この川へやってくるのだ、という証拠の品だった。

「これは……なんかを縛ってあったひもらしいな。……これがここに落ちてるってことは……」

マリウスは恐しいくらい真剣な目つきになった。小川にそって、上流に向かおうか、下流に向かおうか、じっと考えこむ。それから、ひょいとかくしから一枚の銅貨を取り出すと、

「裏なら上流、おもてなら下流、カルラア様、決めて下さいな」

とつぶやくなりぴんと投げ上げて受け止めた。ぱっと手を開いてみる。

「おもてだ」

つぶやいてにやりとする。

「ぼくも、そう思ってたんだよな」

無責任につぶやくと、そのままた、銅貨を大事そうにかくしにしまいこみ、こんどはひょいひょいと川づたいに下流のほうにむかって歩き出す。

雨は相変わらず降り続けていたが、それほど強くはならないままだった。それでもすでにマリウスはびしょ濡れだった。吟遊詩人のマントについている短いフードでは、すっかり頭を守ってくれるわけにはゆかないし、かれのマントは傭兵たちのような頑丈な革のそれではなく、なめし革ふうに仕立てた起毛の布であるので、雨にはそこまで強くはない。もっとも寒さをしのぐにはそのほうがむしろいいのだが。

(ううっ、寒くなってきたな。あの次の大きな木のあたりまでいって、そこから見ても何も見えなかったら、もう戻ろうかな)

ちょっと身をふるわせてつぶやいたマリウスは、しかし、ふいに、はっと目を見開いた。

「わあ」

満面に笑みをたたえてつぶやく。

「見つけた。家だ」

それはまさしく、家であった。

家、というよりは、小屋、といったほうがいいかもしれない。木々のあいだに、まるでひっそりと身を隠しているかのような、小さな、緑色の屋根の小屋だ。緑色に塗った屋根に、茶色の壁なので、ちょっとはなれると木々にまぎれてあまり見分けがつかない。

マリウスは勇んでそれへ近づいていった。

近くにいってみると、このささやかな小川はちょうどその小屋のあるあたりで、ごくちいさな、湖というより、せいぜいが泉、といいたいくらいな池に流れ込んでいることがわかった。その池の向こうには小さな集落があるようで、いくつかの屋根が雨にけむりながらたたずんでいる。マリウスはそっとその緑の屋根の家に寄ってゆき、気を付けて中の気配をうかがってから、思い切って戸を叩いた。

「どなた?」

案に相違して、すぐに声がかえってきた。そして、たいした警戒もなく、すぐに木製の戸があいた。あらわれたのは、まだ若い女のなかなかきれいな顔であった。

(ついてるぞ)

思わず、マリウスはつぶやく。

「あら、あら、まあ、まあ!」

　だが、マリウスが何か言い出すまでもなかった。

「そんなにびっしょり濡れてしまって！　ひどい雨にあわれたんですのね。さあ、さあ、早くおあがり下さい。狭い汚いところですけれど、少なくとも、雨風はしのげますわ。すぐにお入りになって。暖炉に火をいれますから、お召し物を乾かして、すぐにかわいたものに着替えないと」

「え……」

　かえって、マリウスは虚を突かれた。

　たくさんのこうした集落を、そうやってキタラを背にしてめぐりめぐってきたマリウスだ。ときには、「何をしてる、用はないぞ！」とけわしく怒鳴られて叩き出されることもあれば、本当にキタラを弾いてきかせて吟遊詩人だと証明するまでは、山賊どもの手先ではないかと警戒されておもてにおかれっぱなしのところもある。マリウスの経験では、わりあいこうやってすぐに家の中に招き入れてくれるのは、ミロク教徒の家と、そして中に男手のたくさんあって、比較的安全だと自分たちで信じている家だ。

「さあ、お入り下さい。だいぶ、濡れてしまわれたでしょう」

　だが、いま、かれを迎えたのは——

　まだせいぜいいって二十五、六だろう。ほっそりとして小柄な、なかなかきれいな若い女ひとりだった。家のなかはきわめて質素だったが清潔で、そしてきれいに片づいていた——というより、片付けるほど、ものがなかったのかもしれない。みなりもきわめて質素だった。長い髪の毛をうしろにまとめてから、三つ編みにして頭にまきつけ、きっちりととめていた。黒い粗末だが清潔な木綿の服に、洗いざらした木綿の前掛けをつけ、白い手編みらしいレースの襟だけが、女らしいおしゃれともみえる。だが、大きな内気そうな目は優しげで、地味な顔立ちではあったが可愛らしい感じだった。

「あ、どうも、その、ぼく……」

「吟遊詩人のかたなんでしょう？　そのお帽子をみればわかりますわ」

女はやさしく云った。

「旅の途中で雨にあわれたんですのね。さあ、お入りになって下さいまし。何もたいしたものは差し上げられませんけれど、何かすぐあたたかい飲み物を差し上げますわ。そして、何か食べるものが出来るかどうか見てみましょう。本当に、わたくし、とても貧しいので、お金持ちの皆さんがなさるような喜捨はとうてい出来ないんですけれども、今夜のために煮ようと思っていたはとむぎのおかゆくらいはありますわ。それならたくさんありますから、どうぞ、御一緒に召し上がって、ご遠慮なく」

「あ、いや、そんなにおっしゃっていただいては」

マリウスは恐縮しながら云った。

「それに、ぼく、海からあがってきたようにびしょびしょで。このままじゃあ、この清潔なさっぱりとかわいた床をびしょびしょにしてしまいそうです」

「それは大変。いえ、そんなに濡れたままでいらしたら、おからだに悪いですわ」

優しげな声で女は云った。

「では、こうしましょう。このうちには、わたくしとむすこしかいないものですから……むすことといってもまだごく小さいんですのよ。ですから、男の人の着るものがご用意がないんです。でも、それでもまだましでしょうから、わたくしの寝間着をとりあえず着てかわいた布にくるまってらして下さいな、からだをふいて。そうしたら、そのあいだにわたくし、暖炉の火をおこして、お召し物を乾かしますね。すぐかわくでしょう。それまでは、ちょっと不便ですけれど、布にくるまって座っていらして下さい。ちょっと待って下さいね。持ってきますわ」

「でもそれでは申し訳ないですよ……」

言いかけたときだった。

「いいんですのよ」

優しい微笑みが、マリウスをはっとさせた。

「わたくしは——もうおわかりでしょうけれど、ミロク教徒です。ミロク教徒は、どのようなときにも、お困りのかたには、手をさしのべてあげなくてはいけないんです。そのように、教義で教えられておりますの。さあ、とりあえず軒下で雨をよけておいでになって。いまかわいたものを持ってまいりますから——あら、これ、そんな、かあさまのスカートをそんなにしっかりつかんではだめよ。これ、スーティ」

(あ……)

またマリウスははっとした。女が奥に入ろうとしたとき、その女の長いスカートのかげから、そのスカートのはじをしっかりとつかんでいた、小さな男の子がはじめて見えたのだ。

「だあ」

男の子は、母親のスカートをつかみながら、ふんばって立って、ひどくきびしい目でマリウスをにらんでいた。マリウスは吹き出しそうになった——じっさい、それは吹き出さずにはいられない光景だった。

その子はどうみてもまだ三歳にもなるまいと思われる幼児だった。だが、よちよち歩きのくせに、もうすっかり一人前の気概のようなものをみせて、きっとこの椿入者をにらんでいる。大きなつりあがった目は黒くてぱっちりとしており、とても可愛い子だったが、いかにもきかん気そうで、そしてなんとなく妙にただものでない印象をあたえた。そんな幼い幼児のうちから、そんなことを見るものに感じさせるというのはなんだか奇妙なくらいだったが、それでも確かにそうであった。その目のなかには、早くも、なみなみならぬ強い意志と、そして激しい気性の萠芽のようなものがあった——やや浅黒い

肌と、可愛らしいふっくらとした唇、やわらかな頰と黒みがかった栗色の髪の毛。その大きな目はまっすぐにマリウスをにらんではなれなかった。

「だー」

また男の子は云った。そして、憤然とマリウスを小さな拳で攻撃しようとした。

「やあ、参ったな！」

思わず、マリウスは微笑まずにはいられなかった。そしてかがみこんで手をさしだした。

「君、いくつ？　名前なんていうの？　お兄さんにも、君と同じくらいか、もうちょっとちっちゃい可愛い可愛い女の子がいるんだよ。天使みたいに可愛いんだぞ。君も可愛いけど、お兄さんの娘は本当に天使みたいに可愛いんだよ、君に見せて、友達にならせてあげたいな」

「まあ」

鈴のような笑い声をたてたのは、いったん奥に入って戻ってきた女だった。

「そんなお嬢さんがいらっしゃるんですの。それをおいて、旅に出られたの？」

「そうなんですよ。ああ、ぼくの名前はマリウス。見てのとおりの吟遊詩人です。ただ、キタラをもってないのを、ご不審に思われないで下さいね。この雨のなかをキタラを持って歩いたらたちまち濡れて駄目にしてしまう。安全な木の陰に隠して、それでとりあえず何か食べるものはないかと……」

「ああ、大丈夫ですわ。わかってます、わかっていますから。わたくしは——あの、ローラと申します。この子はスーティ」

わずかなためらいの間があった。それから、ローラはにっこり笑って付け加えた。

「本当はシューティっていうんですけれど……本当の本当はもっと難しい名前なんですけれど、この子、まだ口がまわりませんの。ですから、自分のことをスーティっていいますのよ。ですから、私も、この子をスーティと呼んでおりますの」

「やあ、スーティ」

マリウスはきかぬ顔でじっとまだマリウスをうろんそうに検分している幼児に手を差し出した。

「ぼくはマリウス。旅の吟遊詩人だよ。よろしくね」

「マリウス」

スーティはひどくうさんくさそうにつぶやいた。

「ぎんゆーしじん？　なに？」

「お歌を歌ってみんなを楽しくする、そういうお仕事をして旅から旅へまわっている人だよ。ぼくは」

「さあ、からだをふいて、これに着替えてこちらの布にくるまっていて下さいませ」

差し出された布を受け取って、マリウスはありがたく、いそいで髪の毛のしずくをふき、吟遊詩人の三角帽子をとり、服をぬいで、うしろむきになってからだを拭き、白い小さな寝間着はあまりにも、細いマリウスにも小さすぎたので、それは着ないで大きな敷布にからだを包み込んだ。濡れたものをローラはすばやく引き取って持ってゆくと、流しのところでぎゅっとしぼって、かごに入れて暖炉のところに持ってゆき、こんどはかがみこんでしきりと火をおこそうとしはじめた。

「あの、おひとりでこの子とここに？」

マリウスはためらいながらきいた。

「怖いことはありませんか？　ぼくはもちろんあやしいものではありません——でも、もし御心配なら、三角帽子の内側に、吟遊詩人の鑑札が縫いつけてありますから、それで名前を確かめていただけませんか。決してあやしいものではありませんから」

「ま。御心配なさらないで、そんなことは、わたくし、よくわかっていますわ。あなたの目を最初に拝見したときから、あなたが悪者でないことくらい、よくわかりますわ」

ローラはかがみこんでしきりと火を燃やしつけようとしながら云った。

「待って下さいね。いますぐあったかくいたしますから——これ、スーティ、だめよ。そんなことをして母様のお邪魔をしてはだめ」

「ぼくやる」

スーティは火かき棒をとって、自分が火をおこすと主張しているようだった。紺色のこざっぱりした厚地の幼児服を着、まだよちよちしているようだが、ずいぶんと意志のほうははっきりしている子どものように見える。

「だめよ、あなたにはまだあぶないのよ」

「ぼくやる。母さま」

「いけません。お客様のお相手をしてらっしゃい」

ローラはきっぱりといった。すると子供は意外なほどに素早い身のこなしでマリウスのほうに戻ってくると、マリウスの手をひっぱった。

「そこ。そこ」

どうやらテーブルに座れ、といっているらしい。それから、スーティは、突然、奥にちょこちょこ走ってゆくと、一本の短い木の枝を持って戻ってきた。

「えい」

「わ」

マリウスは悲鳴をあげた。スーティがその棒を両手でつかんで、マリウスを攻撃しはじめたのだ。

「わ、参った。降参、降参。お兄さんは、戦うのは全然弱いんだよ。だから、降参。降参だってば。ごめん、ごめん」

「弱っぴー」

なんとも腹のたつような可愛い声でスーティは叫んだ。そしてなおも攻撃をしかけてきた。

「おにいたん、弱っぴー。えい。えい」

「だから、降参だってば。降参、降参。駄目だよ、降参した相手をやっつけてしまっては」

「じゃ、おにいたん、ゴメンナチャイして」

「はいはい、もう、ごめんちゃい、ごめんちゃい」

「スーたんの勝ちぃー」

スーティは叫んだ。母がやってきて、勝利者をひょいとひっかつぎ、得物を取り上げた。幼児はばたばたもがいた。

「や。母さま、やなのー。すーたんの勝ちなのー」

「駄目よ、スーティ。お客さまなのよ。攻撃してはだめ。勝ちも負けもないの」

「やなの。すーたんの勝ちなの」

「あっちにいって、ベッドさんと戦っていらっしゃい、スーティ」

ローラが困惑したようにいった。

「まったく、この子ってば、やんちゃでどうしようもないんですのよ。……雨が池の向こうのガウシュの村の人たちにも、スーティほどのやんちゃ小僧はこの百年来見たこともない、っていわれているくらいですもの。……いまはまだわたくしでも取り押さえられますけれど、もうあとものの二、三年もしたら、わたくしの力ではどうにもならないんではないでしょうか。本当にお父さまに似てしまったんだわ」

「スーティの父上も、ここに住んでおいでなんですか」

マリウスは笑いながらきいた。ローラはしとやかに首を振った。

「いいえ。この子の父は、もうずっと前に亡くなってしまいましたの」

「そうですか。それは申し訳ないことをお聞きいたしました」

「そんなことありませんわ。この子のお父さまは、亡くなりましたけど、わたくしに、スーティという宝物を残していってくれたのですもの」

ローラは悲しそうに微笑んだ――マリウスはふと胸をつかれた。かれは、これほどしとやかに、これほどひっそりと、これほど悲しそうに微笑む女性を見たことがなかった。

「さあ、やっと火が燃え付きましたので、こんどはお湯をわかして、召し上がれるものとお飲物を作りましょうね。もうちょっと待っていらして下さいな。もうちょっと火の近くに寄ってくださいまし、せめてもうちょっとあたたまれるように。本当に狭いところでしょう、お恥ずかしいんですけれど、わたくしたち親子だけですから、分にすぎた住まいだと思っておりますのよ。もう、ないものと思っていた命でございましたから」

「とんでもない、こざっぱりして、実に清潔で、居心地の良さそうな——とてもいいにおいのする、すてきなおすまいですよ」

マリウスはまんざらお世辞だけでもなく、心から云った。事実、ごくごく狭い丸太小屋のなかに、片方の半分を下半分だけの壁で仕切ってその向こうに寝台があるのだろう。そしてこちら側にはテーブルと椅子、それにささやかな台所がついているだけの、本当に小さな小屋だったが、頑丈だったたし、それにとても清潔で、おまけになんとなく居心地がよかった。それはおそらく、あるじが気を付けて少しづつあれこれ工夫して、住みやすいようにととのえていたからだろう。丸太で作った頑丈一辺倒のテーブルの上には、小さな茶碗にきれいな野の花が山もりにいけてある——そういうことが、この家のあるじの人柄の優しさや、つつましさ、そして女らしさを匂い立たせているかのようであった。

「あのう、お邪魔しちゃっていいんですか?」

「もちろんですわ。ただ、今夜お泊まりになるようなら、こちらのこの居間のほうで、毛布をしきますのでそれを使ってやすんでいただかないといけないんですけれども。ごらんのとおりこれだけしかない間取りで、とてもお客様にも寝室はご用意できませんし……本当なら、ミロクの教えでは、おのが持ち物すべてを捧げて客人を歓待すべし、と教えるのですから、わたくしどもの寝室をお譲りして、わたくしどもがこちらの居間にやすむべきなんですけれど、さすがにスーティもまだ幼いものですから――」

「もちろんですとも。いくらなんでもそんなことを要求するほどぼくもあつかましくありません。スーティ坊やはおいくつですか」

「まだやっと二歳なんですよ。もうじき三歳になります」

「ひええ。それでもうあんなに活発なんですか」

「活発すぎて困っていますの」

また、ローラのまだ母とよぶのが気の毒なくらい少女めいたひっそりとした顔に、誇らしげな微笑みが浮かんだ。

「ええ、近くの村でも、同い年くらいの子であの子より大柄な子はおりませんし――いつももう四、五歳だろうって云われますのよ。そのくらい、からだもよく育っておりますし、やんちゃできかん気で、荒っぽいことが大好きで――本当にお父さまそっくり」

「きっとその亡くなられたお父さまというのを、とても愛しておられたんですね」

ちょっとしんみりして、マリウスは云った。

「ぼくは実は、とてもぶしつけな申し出をするところだったんですけれど――いや、なにせ、ぼくは吟遊詩人ですからね。こうした旅から旅で、歌を歌ってきかせたり、いろいろな情報をサーガにしてお教えしたりするほかにも、いろいろなものを売っているんです。おわかりでしょう？　ことに、さびしくひとりで暮らしている未亡人のかたとか、男と遊ぶ機会もないゆかず娘のかたとか……」

「何をおっしゃってるかは、よくわかりますわ」

ローラはまたうっすらと悲しそうに微笑んだ。

「でももう、そのことはおっしゃらないで下さいな。わたくし、あなたがそういうものを売っておられても、買うことは出来ませんの。まず、わたくし、ミロク教徒でして……ミロク教徒は、貞潔を何よりも重んじます。わたくしも亡き夫のために一生貞潔を守るつもりでおりますし、その上に、わたくしは、男遊びをしたいなどと思ったこともありませんし――それに、こういっては何ですけれど、わたくし、まるでそこの雨が池の鯉のように貧乏で、そんな、あなたのようなきれいな吟遊詩人のかたを買うようなお金なんか、とうていないんですのよ」

「ですから、どうもぶしつけな申し出をするところだったと思って。ひと目みれば、あなたがそういうかたかどうか、わかりますものね」

マリウスはちょっとはにかんで云った。

「もとは、どこかのお屋敷にでもおつとめに出ていらした？　あなたの口のききかたは、このへんの自由開拓民の女の人のものじゃありませんね。とてもみやびやかで――」

「ええ」

ローラは寂しそうにまた微笑んだ。

「ずっと昔は、とても身分のたかいかたにお仕えしておりましたの。……そのころ、亡き夫とも知り合って――とてもとても、いろいろなことがありましたのよ。でも結局わたくしの手元にはこのスーティだけが残されることになりましたの。いまは、この子を大きく一人前に健康に育てあげることだけを生き甲斐にして生きております。もう、すべては余生のようなものですわ」

沈黙が落ちた。外の雨音だけが、やけに耳につくようであった。

3

「あなたのような、きれいなかたが余生だなんて……まだ、お若いんだし、いくらでも、のちぞえにと申し出る人はいるでしょうに」

「ええ、おかげさまでいろいろお申し出はいただくんですけれど――ガウシュの村は、自由開拓民の村としてはちょっと大きいほうでして。わたくし、最初にこの村にきたときには本当に無一文で、お腹も大きくて……なんとかして、働かせてくれ、とお願いしたんです。そうしたら、ガウシュの村の長のヒントンさんが、とても親切にしてくださって……でも、そのう、ヒントンさんの奥様が、わたくしに、その……ヒントンさんが、その、気がある、のではないかと怒られたものですから……わたくし、追い出されるところだったのです。でもお腹も大きいし、せめて子供だけ生ませてくれとお願いしたところ、ガウシュの村のほかの長老たちがあわれんで下さって……村うちに住むことはまかりならないけれど、池の向こう岸に小さな小屋をたててやるから、そこに身をひそめて子供を産めといって下さいまして――わたくし、こんな御親切な申し出を受けたのは生まれてはじめてでした。ほんとに、大泣きに泣きましたわ。どこの誰かもわからぬ風来坊の、お腹の大きな女にそんなにしてくれるなんて。——それだけではなく、ヒントンさんも、リリーシュさんも、タバンさんも、みんなそれはそれはよくして下さって——食べ物をわけて下さったり、タバンさんの奥さんはわたくしがこの子を生むのをみとって下さいましたし、いろいろなものもわけてくれて——わたくし、なんとかしてガウシュの村の皆さんに恩返しをしなくてはと、いろいろなことを——お教えしたんです。といってもたいして知っていることもなかったんですけれど、知っているかぎりのお料理だの、ジャムの作り方、お菓子の焼き方だの、かがりレースでスカートをふちどるやりかただの……それを、皆さん喜んで下さって……わたくしが焼いたお菓子を持ってゆくと、村の人たちが、卵をくれたり、ガティの粉を下さったり、雨が池で釣った魚をわけにきて下さったり……みんなそれに、スーティを可愛がってくれて……ガウシュの村には、あまり小さな子供がいないものですから、みんなして、まるで本当の孫が出来たようにスーティを可愛がってくれて……わたくし、幸せです。本当にここにきてよかった」

「それは、いいお話ですね。でもそれもきっとローラさんがそんなふうに優しくてつつましくてしとやかで女らしいからだと思うな」

「まあ、とんでもない。わたくしなんか」

驚いたようにローラは叫んだ。それからあわてて声を大きくした。

「だめ、だめよ、スーティ。いけませんてば。そこによじのぼってはいけません」

スーティはじっさい、かたときもじっとしていられない子どもであるらしく、今度は寝室と居間をへだてている、マリウスの背くらいの高さの丸太をつらねた壁にえいやとばかりよじのぼって、かなり高いところまでのぼっていってしまったのである。あわててローラが手をのばしたが、スーティがすぐにさらに高いところによじのぼってしまったので、ローラはすがるような目でマリウスを見た。

マリウスは立っていって、スーティをかかえおろした——そのさいに、スーティがばたばたと暴れるのが思いのほかの力だったので、けっこう本気で格闘しなくてはならなかった。

「いや、つ、強いな、君は」

閉口してマリウスは叫んだ。

「それでまだ二歳半なんだって？　いったい、もうあと十年もしたらどんなやんちゃくちゃな小僧になっちゃうんだろう！　だめだよ、お兄さんみたいに、戦いの嫌いな平和な人にならなくっちゃあ」

「おにいたん、よわっぴー」

スーティがむっとしたように、マリウスを指さして云った。

「よわっちー」

「スーティ、だめ」

「元気なのはいいけれどさ。君は、たったひとりの男の子として、早くおとなになって、お母さんを大事にしてあげなくちゃいけないんだものね。だからって、戦争はだめだよ。兄ちゃんは、戦争大嫌いだよ」

「わたくしもですわ」

低くローラが云った。またしてもマリウスは胸をつかれた。

（このひと……どんな過去があるんだろう。——なんだか、こんなに、かげりをおびた、愁いをひそめた女性は見たことがないな。……いったい、どんなことがあって——この子のお父さんというのは、どういういきさつで亡くなったんだろう。もしかして、よほどの悲劇でもあったのかな……それで、この人もそれにまきこまれて、こんなひっそりとした山あいの村へ身をかくすことになったんだろうか……）

すぐに、好奇心がむらむらとわきおこってくるのは、吟遊詩人のさがでもある。

「なかなか、煮えないですけれど、もうすぐ出来ますからね。お腹がおすきになったでしょ」

ローラが云った。マリウスは首をふった。

「今夜、本当に宿をお借りしてもよろしいんですか？　もちろん、ふらちなことなど致しませんし、いろいろお望みのとおりにお話して、無聊をおなぐさめしたいと思います。あとね、ぜひとも、あなたには、ぼくの歌を聴いていただきたいんだ」

「まあ」

「ぼくの歌は、何があろうと絶対きかなくちゃ駄目ですよ」

マリウスは自慢した。

「とにかく、きけばわかるから。気分だって絶対明るくなるし、ほんとにぼくの歌だけは聴かなくちゃ一生の損だよ。――だけど、この雨が一段落したら、キタラをとりにゆかなくちゃね。そのときに、そのう……その、ぼくの――あの、犬がいるんだけど……中には入れるわけにゆかないけど、ちょっと食べ物だけわけてもらえる?」

「犬?」

ローラは大きく目を見開いた。

「大きいんですの? 小さいなら、濡れていさせたら可愛想、中へ……」

「それが、熊みたいに大きいんだ。北方の犬でね」

マリウスはしゃあしゃあと、

「でも、空腹のままおいておくのは可愛想だから、食べ物だけなんでもいいから、あげたいんだけど。それは濡れても平気なやつだからね。木の陰で大人しくキタラの番をしているんだよ」

「まあ、とてもお利口な犬さんなんですのね」

ローラは疑いもせずに云った。

「ええと、犬さんの食べられそうなものなんて、うちにあるかしら……ほんとに、うちも、皆さんのお情けで生きながらえているようなものですから、あまりいろんなものがないんですのよ」

「いいんだよ、なんでも。人間の食うものならなんでも食べるから」

「ガティのパンと干し魚くらいならありますけれど」

「それで充分だよ、それにちょっとなにか飲み物、そう酒でもいいから、何か貰えれば」

「さ、酒、犬もお酒飲むんですの」

「飲むんだねえ、うちの犬は」

「あいにくですけれど、うちはミロク教徒ですから、本当は飲酒も禁止なんですよ。でも面白いかた」

ローラは笑いながら、

「雨があがって明日の朝になれば、雨が池を小舟でわたって、ガウシュの村にゆけばいろんなものをわけてくれますから、そうしたら、犬さんに骨だの、くず肉だのもあげられるんですけれど、今夜は雨がやんでももう舟は出せませんね」

「大丈夫、ガティのパンと干し魚で充分すぎるくらいだよ、運のいい犬だ」

マリウスはにっこり笑った——おのれの笑顔の魅力には絶対の自信があった。

「ぼくもとても運がいい。こんなきれいで優しいミロク教徒さんのおうちにめぐりあえるなんて」

「まあ……」

ローラがぽっと初々しく頬をそめる。そのようすは、とても、子どものいる母親とは見えなかった。おぼこ娘のようなそのようすをみて、(ミロク教徒でも、未亡人として長年寂しくやってきてるんだろうし……うまくすればうまくなるかも……)とマリウスはちょっといささかけしからぬ下心を抱いたのだが、その瞬間、

「エイ！　やっつけろ！　悪者をやっつけろ、エイ！」

スーティがまたしてもどこからか持ち出してきた《刀》で斬りつけてきたので、両手をあげて降参せざるを得なかった。そして、とりあえずローラを口説いてみるにせよ、このとんでもないやんちゃ餓鬼が眠ってからでなくては無理だろう、という結論に達したので、あとはおとなしくするしかなかった。

「やっとお湯がわいたわ。とうきびのおかゆにしましょうね。その前にあついお茶を一杯、それでずいぶん、ひえたからだがあたたまりますから。それに、ちょうどこのあいだ焼いた、えんばく入りの焼き菓子が少しだけ残っているから、それでも召し上がって

――そのあいだに、わたくし、あなたの着ていたものを乾かしてあげますわね」

「有難う。本当にあなたって、天使みたいだな、ローラ」

「まあ」

またローラは頬をそめた。そのようすはまことに初々しく、顔立ちは美しくないわけではないがかなり地味づくりではあったし、派手で華やかな顔かたちを美しいと思うものなら、華やかなアムネリアを好む者がひっそりとした日陰のマリニアを目もくれないように、まったくはなもひっかけなかったかもしれないが、マリウスにとっては、そのひそやかなつつましさは、なかなかの魅力であった。

「あなたみたいなきれいな吟遊詩人、見たことがありませんわ」

あついお茶をさしだして、一緒に飲んでいるうちに、ローラの気持のほうもかなりほぐれてきたらしい。ミロク教徒ゆえ、やってきた客人にも親切にしなくてはと思っていたにせよ、やはり、突然雨の日にあらわれた男の旅人を、これほどかよわい女ひとりと、何も出来ない幼い子供だけの家のなかにあげるには勇気もいれば、あつい信仰心の助けもいることだろう。だが、マリウスの親しみやすい態度と、明らかにそのきれいな顔立ちは、ローラの心をやわらげるのにとても力があったようであった。

「ねえ、このお茶、素晴しいよ!」

マリウスは感心しながら、

「それにこの焼き菓子、まるで宮廷ででも出されるみたいだ。ねえ、君って、いったいどういう人なの？　これなら、貧しい自由開拓民の村がびっくり仰天して、とても親切にしてくれたってちっともふしぎはないくらいよく焼けているよ、この焼き菓子。なんていいあんばいにふわっとして、さくっとしてるんだろう。おまけにこのほのかな甘味、はちみつでつけたんだろう？　でもそれだけじゃなくて、ちょっとこれは……ええと、そうだ、カンの実の皮でかおりをつけたんじゃないの？　ただ甘いだけじゃなくて、ほのかな酸味がなんともいえない。こんなわざ、どこで覚えたの？　これ、どこかの宮廷のお菓子みたいじゃないか」

「まあ」

ローラは思わず恥ずかしそうに両手で頰をおさえた。

「そんな。ほんのつたない見覚えのわざですのよ。わたくし、お料理のほうは一回も正式に教わったことはなかったんですもの。あ、でも、いろいろあるあいだに、ほかにお料理してくれるひとがいなかったことがあって、そのときに、あるじを——とじこめられてくさくさしているあるじをおなぐさめするためにいろいろなことを覚えたりしたんですけれどね。でもほんの……ほんの余技なんですわ。それより、あなたこそいったいどういうかたなのかしら。吟遊詩人だなんておっしゃるけれど、どうして、カンの実の皮のことなんかおわかりになるの？　あんな高価な果実、それはクムでは普通に調味料にするみたいですけれど、ほかではめったに手に入らないからそれと同じ重さの銀貨で取引されるというくらい。それをそんなに言い当てるなんて、まるで――まるで本当はあなたこそ、どこかの王子様でいらっしゃるみたいだわ」

「ぼくは、こんなきりょうよしの吟遊詩人だからね」

すましてマリウスは、

「みんな、あちこちの大富豪でも、宮廷はまださすがにないけど町の有力者でも、こぞってぼくを招いてくれて――ぼくが気にいると、なんでも御馳走してくれるんだよ。だからぼくはおそろしく口がおごっているんだ。ちょっとした美食家ってとこだね。もちろん自前で食べるときには、それこそ一番安い魚をはさんだまんじゅうかなんかですますんだけれど、大富豪の愛人にでも気にいられたら、彼女たちが食べてるものをお相伴にあずかれる。だから、ぼくはクムの御馳走、パロの御馳走、どこのもみんな知っているんだ」

「まあ」

「それはそうと、でもこれ、本当にカンの実なんだ。いったいどこでそんなもの手にいれたの？」

「それがね」

ローラは楽しそうに、頬をバラ色に染めながら、

「わたくし、雨が池のところで、どうもそうじゃないかと思う野生の木を見つけて……あまり実がそっくりなので、思い切ってひとつもいで持って帰ってきて、切ってみたら、なんと本当に野生のカンの木じゃありませんか。なんともいえない芳香で……それでもうそれからは、カンの木についてはすっかりお大尽さまで、カンの実のさとうづけも、シロップ煮もほしいままだし、おまけに村のみなさんがお魚をくれたら、それをカンの実をしぼって食べたりも好きなだけ。本当に、贅沢させてもらってますのよ、カンの実についてだけは。──おまけに一本じゃなくて、カンの木のしげみというか、林といっていいくらいあったんです。だから、わたくし、しょっちゅう、カンの実をとっていろいろ加工して──それを小舟で雨が池を渡ってガウシュの村にいって、売ってお金にかえて、いろいろなものを買うんです。──みんなとてもよろこんでくれるので」

「おお、なんてすごい豪勢な暮らしだろう。王侯貴族にもまさるよ。きみはすてきだ、ローラ」

「まあ……どうしましょう、わたくし」

マリウスはちょっと内心舌を出したい思いであった。

（ふつうなら……ここまで、ぼくがもちかけると……もうちょっとはことばづかいも砕けてきて、なんとなく……色めいた雰囲気が出てくるんだけどな。さすがにミロク教徒だけあって、なかなかお固いな。でも落ちないことはなさそうだ。なんたってこのマリウスさまが腕によりをかけたら――ねらった獲物は逃すもんか……）

最初は、べつだん、宿さえ借りられればよかったはずなのだが、いつのまにか、結局のところもとからきっすいの女好きのマリウスのこと、（可愛いな）と思ったがさいご、「ねらった獲物」になってしまっている。

「その、カンの実のさとうづけ、ぼくにも御馳走してよ」

「おお、もちろんです。あとでお食事のときに差し上げようと思っていたんだけど、いま、おかゆにそえてあげましょうか。それとも、あとになさる？　おみやげにももちろん差し上げます」

「おお、君はなんて寛大で物惜しみしなくて、優しいんだろう。おまけにとても美し……
……あいたッ」

マリウスは頭をおさえてうしろにひっくりかえりそうになった。

ローラの手をとっていよいよ決めの甘いことばを囁こうとした刹那、

「ぶー！」

という必殺の気合いもろとも、スーティが思い切り、またしてもマリウスの後頭部に一撃をくれたのである。やや年齢よりは大柄だとはいえ、れっきとした二歳児に、大人の頭に届くわけもなく、マリウスがあわてて見ると、スーティはなんとわざわざ苦労して自分用であるらしい小さな丸太を切った椅子を引きずりよせてきて、それを踏み台にしてのっかってマリウスの後頭部に天誅を加えたのだった。

「スーティ！」

ローラが悲鳴のような声をあげて腰を浮かせたが、マリウスは苦笑するほかはなかった。

「ごめん、ごめん、スーティ。お母さんに変なことをしようとしたりしたわけじゃあないんだよ」

笑い出したマリウスを、ローラは心配そうに見つめた。

「あの、ごめんなさいね、マリウス。わたくしが甘やかしてしまったからなんだわ――この子、それはそれは……そのう、母親思いなんですけれど、ときどきそれがゆきすぎて……なんだか、こんなに小さいのに、もうこの子ってば、わたくしを守ってくれようと思っているみたい」

「それは、でも、無理ないと思うよ。ぼくがスーティだって、そうしたくなるかもしれない」

ぬけぬけと懲りないマリウスは云った。

「だって君は、男が守ってあげたくなるような人だよ。――いかに敬虔なミロク教徒だとはいえ、愛する夫に先立たれて何年ものあいだ、貞節を守ってくるのは大変だっただろう？　君のようなかよわげでしとやかな、女らしい女人は、本当は、しっかりとうしろにかばって、守ってくれる男がいなくてはいけないんだよ――ぼくはそう思うなあ」

「そんな、とんでもありません」

ローラの、寡婦の心をくすぐるか、と思ったマリウスの口説は、思いもかけないことに、ローラの激しい反応を呼んだ。

「わたくしは、そんな、かよわくてしとやかな女らしい女なんかじゃあないんです。ミロクの教えにそむいた、みだらでとてもいけない女なんです。愛する御主人さまを裏切ってしまった――その罪のむくいで、ただひとり愛した人にも捨てられてしまった、とてもとても罪深い女なんです」

ふいに、ローラがわっと泣き出したので、マリウスはうろたえた。

「ど、どうしたの、ローラ。ぼくなにかいけないことを云った?」

「母さま。母さま」

心配そうにスーティがローラにちょこちょこと駈け寄る。そして、しっかりとスカートのすそをつかまえながら、お前が泣かせたのか、といわぬばかりにきつい目でマリウスをにらむ。思わず、こんなさいでもマリウスは笑わずにはいられなかったが、ふいに、奇妙な心持がした――それはほんの一瞬のことだったが。

(この目……なんだか、この子の目、どこかで見たような……)

(なんだろ……この子、妙に、誰かを思い出させるな……)

「母さま」

心配そうにスーティがローラに抱きつくのを、ローラはしっかりと抱きしめた。

「大丈夫よ。大丈夫よ、スーティ。なんでもないの、なんでもないのよ。いつものようにちょっと母さまが昔を思い出して悲しくなっただけのことなのよ。心配しないで、あっちで遊んでいて頂戴」

「ローラ、きみ……」

「ごめんなさいね、マリウスさん」

ローラは恥ずかしそうに、そっと前掛けで目をぬぐった。

「もう、とっくに忘れたはずでいたのに、いまだに思い出すと胸が痛みます。本当にわたくし、あなたが買いかぶってくださるような、そんなしおらしい殊勝な女でもなんでもないんですよ。……ミロクの教えにそむいて、そのむくいでこんなところで身を隠してひっそりと生きてゆくことになった——でもそれでも、本当は……命冥加といわなくてはいけないんです。わたくし、本当は、湖に身を投げたんです」

「え」

「むろん、この湖ではなくて、もっと違う場所ですけれども……でも、助けられてしまって。そのときには、それもまた、ミロクの教えにそむいた罰だと思いました。ミロク教徒は、自殺してはいけないんですから。でも、あのとき、わたくし、とても辛かった。

とてもとても、辛くて……どうにもならなかったんです」

「いったい、どうして、きみみたいなひとが、そんな」

「わたくしは……御主人様の……愛する人を好きになってしまったんです。女主人の、最愛のかたを」

ローラは啜り泣いた。スーティがまた、心配そうにふりむいてこちらを見ているが、もう寄ってこようとはしない。その黒い、幼児にしてはびっくりするほど光の強い目の中には、何か、充分に母親が泣いていることを理解している心痛のようなものがあった。

「女主人の……そうだったのか」

「ええ、わたくしが愛したのは、御主人様の恋人だったんです。その御主人様にも本当に愛していただいたのに、わたくしはそのかたを裏切って……あのひとは、でも、一緒に逃げる約束をしてくれたんです。それでわたくし……一生にいっぺん、どうしても許されぬ罪をおかそうと思って……でも、約束の場所に、あのひとは来なかったんです。わたくしは、遊ばれていたんです」

ローラはまた、声を放って泣いた。それから、なんとかして、自分で声をしずめようと努力した。

「愛する夫が死んだ、なんて大嘘なんです。わたくしは、あわれな捨てられた女なんです。——そうして、わたくし、湖に身を投げました。絶望して、もう戻ることも出来なくて。だのに、漁師のかたに助けられてしまって。それでもわたくし、死ぬことばかり考えていたのですけれど……まだミロクの教えにそむいて。だけど、それからしばらくして、わたくしとても具合が悪くなって……そのとき、湖の村のお医者さまに云われたのです。妊娠している、って」

「それはまた、気の毒な……」

「いいえ」

ローラは微笑んだ。そのやせた顔はまだ涙に濡れていたが、その口辺にはようやく、あのさっきまでの優しい輝きが戻ってきた。

「それでわたくし——生きてゆかなくてはいけない、と思ったんです。ミロクはまだわたくしを見捨てないでくださる。ミロクにそむいて主人の恋人をかすめとり、捨てられ、あまつさえ自殺しようとした罰当たりなわたくしに、ミロクは、罪を下すかわりに、この子を育てよ、という新しい使命を下さったんだと、わたくし思いました。……だから、この子をお腹にかかえたまま、決してわたくしのことを知っている誰にも見つからないところ、ひっそりと子どもを生んで育てられるところ、誰にも追いかけられることのないところを探して——あちこち旅して……それで、このガウシュの村に落ち着いたんです。ここにくるまでに行き倒れかけていたのを、ガウシュの村の人々が助けてくれてからは、お話したとおりですわ。わたくし、この小屋でこの子を生んで——そのあとは、ガウシュの村の人たちになにくれとよくしてもらいながら、細々とですけれど何不自由なく暮らしております。この子もおかげさまで病気ひとつしたこともありません。すべてはミロクさまのおかげなんです。本当に、何もかも」

4

「そう……なんだ……」

しばらく、マリウスは、どうことばを続けていいものかわからなかった。

それは平凡な悲劇には違いなかったが、何か妙にマリウスの胸をうつものを持っていた。おそらくは、それを語ったローラの目のなかにあった真実の苦痛や、それを越えてきたものの強さ、悲しみの深さや、あらたな希望が、マリウスの真実を知る吟遊詩人のこころにひびきあったからかもしれない。

「あなたは、強いひとだよ、ローラ」

マリウスはやがて、つぶやくように云った。

「あなたのことを、しとやかではかなげで、かよわそうで、なんて見かけだけから判断して喋って、いけなかったな。あなたは、芯には本当に強いものをもっている、金剛石のような強い魂を持ったひとなんだね。だから、スーティもこんなにお母さんのことを慕って、大切にしているのに違いない。きっとさぞかし母思いのいい子に育つんだろうね」

「そんな、とんでもない——わたくしはただの罪深い罪深い女です」

ローラはつぶやくようにいった。そして、そっとミロクの印を切った。

「さあ、おかゆがさめますわ。つまらない身の上話をしてしまいました。それを召し上がって、そうして、わたくしに、中原ではいまどんなことがおこっているかのお話をきかせて下さいな。ガウシュの人たちも、あなたのような吟遊詩人がきたときいたらとても喜ぶと思います。どうぞ、いくらでも逗留なさって下さい。うちにはたいしたものはありませんけれど、ガウシュまで行けばいろいろな食べ物もお酒もあるし、吟遊詩人がまわってくる、というようなめったにない機会を、わたくしひとりがひとりじめしてしまってはいけないわ。こんなさびれた山あいの湖畔の村などでは、吟遊詩人がきてくれるなんて、何年にいっぺんもない、お祭りみたいなものだし——そういうときでもなければ、このあたりのひとたちは、いま世界で何がおこっているか、なんてことさえまったく知らないままなんですのよ。……まして、わたくしもこの村にきてからは、ずっと出産と育児と自分のことに手一杯で——もういまは中原にどんなことが起きているのかさえ、知りません。教えて下さい。知っていることをみんな語ってきかせて下さいな、吟遊詩人のマリウスさん」

「おやすい御用だよ」

マリウスは朗らかにいった。そして窓に寄って外を眺めた。

「あ、少し雨が小降りになってきた。この分ならあと一ザンもしたらやみそうだ。そうしたらキタラをとってくるよ――それまで、君にいろいろ中原の情勢について話をしてあげよう。でも、君、絶対に、どこかちんけな村の名主のところにつとめていたりしたわけじゃないね！　君の話し方はとても高い教育をうけた、それこそ宮廷の侍女かなにかみたいにみやびやかで高雅だ。もしかしたら、案外きみはとても身分の高いひとにお仕えしていたのじゃないの？　だからこそ、そんなにいろいろなことがあって、逃げてきたんだろう？」

「もう、忘れました」

寂しそうにローラは云った。そして、手をさしのべた。

「おいで、スーティ。母さまのおひざにいらっしゃい、だっこしてあげるわ」

スーティは、ひとりで丸太の壁をあいてにしきりと剣戟の稽古に余念がなかったが、それをきくと喜んで、顔じゅうを口にして笑いながら短い薪製の剣を放り出してよちよちとかけてきた。そしてローラのひざの上に這い上がった。ローラはありったけの思いをこめたようすでそのやわらかな小さなからだを抱きしめた。

「いい子ね。シューティ」

優しく、悲しげにローラはつぶやいた。そして、スーティのほほに頬をおしあて、いとおしくてならぬように抱きしめ、ゆさぶった。

「いい子ね！――なんていい子なんでしょう。母様はシューティが本当に大好きよ」

「すーたんも母様好き」

満足そうにスーティが云った。それは何がなし心をゆさぶる、美しいがどこか悲しくもある眺めであった。

「それにしてもその約束のかけおちの場所にこなかったという君の恋人はひどい奴だね！　そのあと、そいつはどうしたか知っているの？」

「少しは……」

悲しげにローラが答える。

「結局、御主人様と結婚された、という話は聞きました。――そのあとはもう、どうしたか、わたくしは何も情報のあるような立場ではなくなってしまったので……」

「そいつの名前を教えてくれれば、ぼくがそいつのところにいって、ローラみたいないい女をどうせとんでもない馬鹿な金持ち女なんだろう君の御主人様に見かえるなんて、なんてばかなものわからない、女の価値のわからない男だ、といって文句をいってやるんだけどね。おまけに、こんな可愛いあととりまで生まれているんだよ、って。それをきいたら、迎えにきてくれるんじゃないの？」

「おお、とんでもない！　そんなことをしたら、わたくし……」

ローラは激しく身をふるわせた。

「とんでもない。これ以上どうやって、ミロクさまに罪をかさねろとおっしゃるのです？　わたくしもう、充分すぎるほどにミロクさまの罪を犯したんですわ。もうこのあとは本当に余生として、わたくしにできるのはただ、このスーティをちゃんと育てあげて、一人前の男にすることだけ。……悲しいことばかりあったこれまでのなかで、いまがもしかしたら、わたくしは一番幸せなのではないかと思いますし……」

「そう……」

マリウスは思わず首をふった。そして思わずにはいられなかった。

（なんだか――なんとも、幸せのうすそうな女《ひと》だなあ！――なんだか、こんな、いまが一番幸せだ、なんてこんな頼り少ないひっそりした境遇で本気でそう思って云っていて――次の瞬間には、何かまたしてもひどい目にでもあっていそうで、なんだか目がはなせない。……参ったな、こんなタイプの女のひとって、これまでぼくはほとんど見たことないものなあ。――そうか、考えてみると、タヴィアもシルヴィアも、リンダにしても、みんななんとも気の強い女ばかりだもんなあ……そうでなくては、一国の女王だの皇女だの、とうていつとまらないのかもしれないけど。こういう女性なら、ぼくが……ぼくが好き勝手に吟遊詩人の旅をして歩いて、また戻ってきて、また出かけて、また戻ってきても、ひとことの文句もいわないで、じっとぼくの帰りを待っていてくれそうだなあ——いや、でも、それも考えてみるとちょっと気が重いかな。そうやってじっとこんなはかなげな女が、女の細腕ひとつで坊やを育てながらずっとぼくを待って、うらみごとも云わないでいる、なんて思ったら……なんだかだんだん、心が地面の底まで沈んでいってしまいそうだ)

「中原って……いま、どうなっているんでしょうか」

おぼつかなげに、そんな失礼なことをマリウスが考えていようとは思いもつかずにローラがきいた。マリウスは、かゆを口に運ぼうとしていた手をとめた。

「中原。そういってしまうとあまりにも範囲が広すぎるからなあ。もちろん話してあげるけれども……君が一番知りたいのは、どのあたりのことかな？」

「……モンゴール……」

蚊の鳴くようなきこえるかきこえぬような声だった。マリウスはうなづいた。

「おやすい御用だよ。モンゴールはもう存在しない。イシュトヴァーン将軍の謀反によって、ゴーラ王国が成立し、旧ユラニアの宮殿に幽閉されていたアムネリス大公の自害以後、モンゴールはすべての希望を失った。そして、イシュトヴァーン王に対して反乱の火の手をあげたが、そのかいもなく……どうしたの、君」

「なんと、おっしゃったんですか」

ローラは叫んだ。その目がぐるりと白く見開かれ、そして、息が苦しいかのように、その手が自分ののどをつかんだ。

「アム——大公……じ——自害……なんとおっしゃったんです。なんと……」

「アムネリス大公は、いまとなっては恐しく憎みあうようになっていたゴーラの僭王イシュトヴァーンとのあいだに出来た、一子ドリアンを産み落とした直後に、耐えきれず、生まれたばかりのわが子に《悪魔の子》ドリアン、という名前をつけて、そして胸をついて自害した。——いま、イシュトヴァーン王はモンゴール反乱を鎮圧すべくモンゴールに遠征しており、そして……ええと……そして」

それを記憶を失ったグインにはばまれ、グインに刺されて重傷をおい——と云うわけにゆかず、マリウスは口ごもった。

グインから、そのへんのいきさつは逆につぶさに聞いていたのだが、これはどうあれ、一介の吟遊詩人が知っているわけもないような、あまりにも重大すぎる事柄であったし、そもそも雨のなかに待たせている犬はその当の、イシュトヴァーン王を負傷させたケイロニア王グインなのだ、などと、かりそめにも口に出すわけにゆかぬ。マリウスのことばは急に歯切れの悪いものになった。

「ええと……だから、それで……」

だが、マリウスは、その先をうながされることはなかった。

「イシュトヴァーンさまと……アムネリスさまのあいだに……お子が——胸をついて…

…自害――胸をついて……」

ローラの目がふいにぐるりと一回転したかと思うと、ローラはがたりと椅子の上からころげおち、気を失って床の上に倒れてしまった。

「母様!」

抱えられていたスーティは母もろとも床の上に倒れこんで悲鳴をあげた。あわててマリウスが救出しようとしたが、スーティは泣きもせずに、必死にもがいていた。

「母様! 母様!」

「大丈夫だよ、スーティ。母様は気絶しただけだから……おい、しっかりするんだ。ローラ……大丈夫か」

マリウスは、うろたえながら起きあがってローラを抱き起こそうとしたが、あいにくとまだ、マリウスは敷布にくるまったままであった。なかなか思い通りに動きがとれない。

「えい、面倒くさい」

マリウスは敷布を苛立ってむしりすてた。そして、ローラを抱え起こして寝室の寝台へと運んでやろうと抱き上げようとする。スーティが必死に邪魔をしようとしはじめた。

「だめ! 母様連れてく、だめ!」

「スーティ、いい子だから。これは、連れてゆくんじゃないんだよ。母さまを看病してあげなくちゃ——寝床に寝かせて介抱してあげるだけ、ね？　何もおかしなことなんかしやしないから……さあ、だから……」

「や！　母様連れてく、やなの！」

「連れてかないから大丈夫だってば。さあ、スーティ、おどき」

マリウスは苛立ってスーティを力づくでおしのけ、やっとローラをかかえあげた。それはマリウスの細腕にさえひどく軽かった。

（こんな細いからだで、よく……）

（だけど、いったいなんでこの娘《こ》……この話をきくなり気を失うなんて……）

（まさか、もしかして、この娘の主人って……そんな馬鹿なことってないよな……）

マリウスは、やっとローラを寝室に運び込んで、粗末だがしっかりとした丸木製の寝台によこたえた。ローラはまだ意識を取り戻さない。

マリウスは多少役得だとばかり、ローラのえりもとをゆるめてやった。白い胸もとの肌があらわれる。そこに、小さな銀の、ミロクの印をつるしたペンダントがさがっているのが、いかにも敬虔なミロク教徒らしかった。

（こんなに真面目じゃ……やっぱり、落とすのは気の毒かな。それに、あとであとくされがあったりするのも困るし……ごくふつうの商売だけして、このあたりはとっとと立ち去るか……おや。何かある）

枕を直してやろうとした指が、かさりと何かに触れた。

マリウスは、ためらいもなくその何かをひきだした。スーティが、悪者を見張るのだとばかりに、けわしい目つきでじっとこちらをにらんでいる。

「そう、にらむなって」

マリウスは云った。

「べつだん、なんか盗もうとかそういうわけじゃないんだから。悪いけどね、兄ちゃんは金になんか困ってないんだよ。持ってるわけでもないけど、べつだん欲しくも何ともないね、金なんてもの。いっときは、そりゃあお金持ちの男の人が兄ちゃんの奥さんのお父さんだったりしたんだから。だけど、本当に大事なものはそんなもんじゃないんだからね。坊主もよく、そのことを覚えておくといいよ――っていったって、まだ何のことだかわからないだろうけどなあ。なんだこれ――これ、モンゴールの記念金貨じゃないか。……これがおたからなのか。これ……」

ふいに、奇妙な胸騒ぎに襲われて、マリウスは、手にしたその金貨をじっと見下ろした。

それは、「アムネリス大公・イシュトヴァーン将軍御成婚記念」と彫られた一ラン金貨であった。片面には、花束を胸に抱いてほほえむアムネリス大公の肖像。反対をかえすと、妙に彫像めいた、鼻筋のとおり、長い髪の毛を首のうしろでひとつにゆわえたイシュトヴァーン――マリウスの宿敵イシュトヴァーンの横顔。

「これは……」

マリウスは、なおも奇妙な胸騒ぎを感じながら、じっとその金貨を見つめた。

が、ふいに、それは、横合いから、ひょいと奪い取られた。

「め!」

スーティが、目を怒らせ、片手に威嚇的に短い棒を持って、とりかえした金貨を持って寝室の入口に立っていた。

「母様のおだいじ、とる、めー! ぶー! 悪者、ぶー! エイ、エイ! すーたんやっつけるよ。ぶー! 悪者、めー!」

「思い出した」

なんともいいようのない思いに、雷にうたれたような気持がしながら、マリウスはその、黒みがかった栗色の髪の毛と浅黒い肌、そして大きなするどい黒い目をもった、活発すぎる幼児を見つめていた。

「お前が誰に似てるのか……思い出した。お前をみてると、誰を思い出すのか……思い出した。思い出したよ、スーティ。……いや、シューティ、なんだろう? 本当は、イシュティ、というんじゃないのか? スーティ。お前の本当の名前はなんていうの。云えるか? いってごらん?」

「ぶー！」

威勢よくスーティは答えた。そして、母の宝物を取り戻した満足を背中にみなぎらせて、闘技場をひきあげる闘士然と寝室から居間のほうへいってしまった。

「なんて……なんてことだ……」

マリウスは茫然とローラを見下ろした。ローラはまだ意識を取り戻さない。

「まさか、あいつの……」

つぶやいてから、マリウスは、のろのろと立ち上がった。そっと、ローラの胸もとまで、掛け布をひきあげてやる。

「まあ……ぼくには、かかわりのないことだよな」

低く、マリウスはつぶやいた。

「あの悪党のことだもの。そんな罪なんか。ほかにもいくらでも犯しているにきまっているんだ。——この娘は、あいつの口車に乗せられて、遊ばれて捨てられた、可愛想な侍女のひとりだったんだろうな。……だけど、女ぐせの悪いってことについてだけは、ぼくもあまり……でかい顔もできないし。でもまあ……とりあえず、この娘をあんまり性急に口説いちまわなくてよかったかもな。冗談じゃない、あいつと——兄弟になるなんてやなこった。第一、あいつの子どもを生んだ女なんて……たとえどんなにこれまでなかったようなタイプでも、ちょっと気になる女でも……冗談じゃないよな……」

マリウスは身をおこすと、寝室を出た。そして、複雑な気分を抱いたまま、居間のほうへいった。居間では、スーティが暖炉のまえでなにやらしきりと棒をふりまわしている。

「お前も、あの親父みたいに、人殺しが好きになるのか？」

低く、マリウスはつぶやいた。

「こんな静かなところで、あんなかよわくて物静かなしとやかな母親に育てられて――それでも、体の中を流れている父親の血に呼ばれて、お前はそのうち、自由国境の山賊団にでも飛び込んで、このおとなしいお母さんを嘆かせることになるのかな。……そんなものなのかな、世の中って。ヤーンの摂理というものは」

マリウスは考え、それから、心を決めた。

ふところをさがし、なんとか一枚の紙を探し出すと、それに、暖炉のもえさしのなかから細かな炭になっているものを火かき棒でひろいだすと、それをちょっとさましてから、それを使って紙の上に文字をつづった。

「キタラをとりにゆきます。ありがとう　マリウス」

それだけ書いて、丸木のテーブルの上にのせ、そのはじっこをそこにおいてあった水さしでおさえると、急いで、暖炉の前の柵にローラが干しておいてくれた、なまがわきの服をとって身につける。気持は悪かったが、（どうせまた濡れるんだしな）とつぶやいて、そのまま身につけてしまうと、マリウスはスーティがじっと自分のすることを見守っているのに気付いた。

その素性にうすうす気付いたせいか、いっそう、二歳児ばなれして見える、冷静で、もののあと十年もすれば何をしでかすかわからぬような不敵な目つきにみえる。いや、それはあながちマリウスの気のせいでもなかったかもしれぬ。

「お前、人殺しになるなよ。親父みたいな」

マリウスはつぶやくと、そのまま、ローラの小屋を出ていった。スーティはじっとなおもそれを見送っていた。

ややあって、大きな燃えさしが、音をたてて暖炉のなかで崩れた。

とたんに、寝室のなかから、かすかな声があがって、どうやらその音でローラは目をさましたらしい。

「いやだ、私——私どうしたのかしら。私……」

声がして、やがてローラがよろめくようにして、壁づたいに姿をあらわした。

「母様」

嬉しそうにスーティが声をあげる。

「あら——あのひとは？　吟遊詩人さんは？……あ、置き手紙……ああ、そう、キタラをとりに——まだ雨が降っているのに。もっと落ち着いてからゆけばいいのに、またびしょ濡れになるでしょうに……」

ローラ――いや、アムネリスの小さな侍女フロリーは、その手紙をみて、ちょっと悲しげに首をふり、そしてそれをまたテーブルの上においた。

「あら、どうしたの、スーティ？」

「はい、母様」

いかにも、母の宝物を守った勇者の誇りにみちて、スーティが例の金貨をとりだして渡す。

「あら、いやだ……どうしてこれを持ち出したの？　え？　そうじゃないの？……なんだかわからないけれど……まあいいわ……」

フロリーはその金貨をそっと、まるでさわるのが怖いかのようにテーブルにのせた。

「私は……なんだか、夢でもみていたような……でもそうじゃない。置き手紙もあるし、夢じゃないんだわ。あのマリウスさんはなんといっていたのかしら――おお、そう……アムネリスさまが――アムネリスさまが自害なさったって……イシュトヴァーンさまとのあいだにお子を産み落として……その子に……ドリアンという恐しい名をつけて……お胸をついて自害なさったって……それをきいて、私、気を失ってしまったのね。……相変わらずなんていくじなしなのかしら、フロリー……きっと、あの吟遊詩人さんに変だと思われたわ。もしかして、何か知られてしまっただろうか……だとしたら、ここにもいられなくなる。でも……あのひとはいいひとのように思えたんだけれど……」

「母様……？」

「なんでもないのよ。大丈夫、大丈夫」

機械的に、フロリーは、我が子を抱きしめた。

「アムネリスさまが自害……」

茫然と宙に目をすえ、スーティを抱きしめたまま、つぶやく。

「そんな恐しいこと……でも、なんでかわからないけれど、きっとそれは本当なんだわ。あのひとが嘘をいう人には見えない、という以上に……あのかたは……アムネリスさまは……そのくらいのことはなさるかただもの……そう、自害されることも——自分の子に、ドリアン——悪魔の子、なんていう恐しい、むごい名をおつけになることも……たぶん、お出来になるかただわ……あのかたは、それはそれは……きついかただったもの。でも素晴しいかただった——なんという金髪だったでしょう！　あの、光り輝くような髪！」

フロリーはしっかりとスーティを抱きしめた。

「そうなのね……もう、あのかたにお目にかかってお詫びを申し上げることはできないのね。あのかたは、死んでしまわれたのね……おお、でも、お目にかかったところで、どの面下げて、といわれてしまうでしょう。あのかたのお憎しみは想像しただけでも恐しいわ。……とうていそれに直面する勇気がなくて——それで弱虫の私は逃げたんだわ。本当は……あのかたが来ないことなんか、私にはよくわかっていた。イシュトヴァーンさまは決してこないだろうって……だって、私は所詮いっときのおなぐさみ……ただのちっぽけな虫けらみたいな侍女のフロリーにすぎないのに……イシュトヴァーンさまを愛していたのは、《光の公女》アムネリスさまだったのだもの……誰だって、男ならどんなひとだって、私みたいなちっぽけなあわれな虫けらより、アムネリスさまを選ぶに決まっている。……でも、でも……」

フロリーの目からまた、涙が一筋こぼれおちた。スーティがひどく心配そうにその母を見つめる。すでに、わずか二歳半にして、この子は、大人に近いほどにいろいろなもののごとをわかっているかのような深い、きついまなざしを持っているのだった。

「そう、あのかたにお詫びすることも出来ない——まして、私には、ただ一夜のあのあやまち——イシュトヴァーンさまのあの気まぐれな愛をいただいて出来た、お前というものがあるのだもの。……そんなことを、どうしてアムネリスさまにお知らせできよう。……でも、アムネリスさまはもういらっしゃらない。愛しているわ、フロリー——そう云って下さったかただった。そのかたを裏切ってしまった——あわれな、弱い、馬鹿な、みじめな私……」

「母様」

心配そうにスーティが囁いた。その手がのびて、そっと母の髪の毛をなでようとする。

またしても、フロリーの目に涙があふれおちた。

「有難う。心配してくれるのね——お前はなんていい子なんだろう。なんて優しい、なんていい子なんだろう。……母様は、お前さえいれば何もいらないの。もう本当に一生、お前のためだけでいいのよ、母様は……母様は、お前だけでいいの。シューティ……イシュティ——私の——私の小さなイシュトヴァーンさま……」

フロリーはかたく、小さなスーティ——《小イシュトヴァーン》を抱きしめた。母のことばの意味を知るよしもなく、スーティは恐しくよく父親に似た、黒くつりあがったきっぱりとした目を見開き、まるで近づいてくる敵をにらみすえているかのように宙をにらんでいたのだった。

第三話　湖畔の一夜

1

「イシュトヴァーンの——隠し子だと？」

雨はようやくあがっていた。

革の頑丈なマントと葉の密生した梢のおかげで、さしてびしょ濡れにもならずに待っていたグインは、低くグインを呼ぶマリウスの声にのそりと茂みからあらわれ、マリウスの前に姿をあらわしたのだった。

「うん、そう、たぶん、間違いないと思うよ、あれは！　だって顔立ちも似ていたし、第一、アムネリス大公が子どもを生み、その子に悪魔の子ドリアンという名前をつけて自害した、という話をきいて、そのまま白目をむいて気絶してしまうなんて、何かゆかりの人としか思えない、そうだろう？」

マリウスは、宿敵イシュトヴァーンのあらたな悪業の証拠をまたしてもつかんだのだ、という思いにすっかり興奮していたので、グインが何を答えるひまもなく、グインの顔をみるなり一気にこのおどろくべき遭遇とそのいきさつについてまくしたて、息もつがずに叫ぶように話し続けた。その頬はすっかり紅潮し、その目はきらきらと光っていて、一見したら、愉快でたまらないようにさえ見えたかもしれない——まあ、ある意味、確かにマリウスにとっては、イシュトヴァーンがいかに非道な悪党であるか、が証明される、というのは痛快なできごとであったのかもしれないが。

「可愛想に、ほんっとに大人しそうな、内気で貞淑な、とけて消えてしまう春の雪みたいな子なんだよ！　子ったって、たぶんもう二十四、五にはなるんだろうけれどね。でもまだ充分きれいで——本当なら、ちゃんとだれかいいひとに出会って幸せになるような娘だと思うよ、すごい超美人ってわけじゃないけど、ああいう感じを好きな男にはとてもいい感じのきれいな娘だと思うし。だのに、その青春をあたらあんな好色野郎の毒牙にかかったばっかりにフイにして、逃げ隠れして——まあ敬虔なミロク教徒だといってたから、そのことも関係あるんだろうけれど、ともかく、相手があんなひどい男でなければ、絶対に幸せになれただろうにって思うんだよ。まあ、確かに、とても幸せ薄いんだろうな、って思わせる娘ではあったけどね。でも、とにかくいまのこの悲境はすべて、一から十までゴーラの残虐王、流血王イシュトヴァーンのせいであることは間違いないよ！　あの男の子だって、本当だったらゴーラの宮廷——だかモンゴールだか知らないけど、そこで、幸せに何不自由なく暮らせたかもしれないんだからね。それをあんな……あんな不幸な生まれつきで……」

「お前らしくもないことをいう」

グインはようやく口をさしはさむすきを見つけて苦笑まじりに云った。

「ひとの幸不幸など、見かけや生まれつきでなど決められはせぬ、ということくらい、吟遊詩人であるお前にはもっともよくわかっているであろうに。ならば、お前はパロの王子に生まれて幸せだったのか？　これまでの道すがら、お前が話してくれたもろもろのお前の身の上話のすべては、お前がパロの王子、しかも庶子である王子に生まれたところからお前の放浪ははじまっている、というものであったように思うのだが」

「そ、それはそうだけどさ」

マリウスは叫んだ。

「チェ、そんなふうにして揚げ足をとらないでよ、グイン。ぼくはただ、あの親子がとても可愛想で気の毒で、なんとかしてあげるべきなんじゃないか、って思っただけだよ。だって、同じころ――でもないけど、一年か二年をへだてて同じ父親の血をひいて生まれたもうひとりの男の子は、いまや王子として宮殿のなかで、まだそれこそ生まれて何ヶ月もたたぬうちからモンゴール大公の座につけられるかもしれないっていう話になっているんだろう？　あの遠征軍の途中で、グラチウスがいってた、というのをきいたよ……イシュトヴァーン王はいずれカメロン宰相の進言をいれて、ドリアン王子を王太子に立太子すると同時に、モンゴール大公に就任させるであろう――それ以外にモンゴール人の不平不満をしずめ、モンゴールの勃発しつづける反乱を平定させる方法はないんじゃないか、ってさ」

「それが、幸せだとお前は思うのか？　お前のことばによれば、そのドリアンという幼い王子は、生まれながらにして父親であるイシュトヴァーンに憎まれ、そして母親には、おのれの生まれたことを呪って自害されるような恐しい運命のもとに生まれた、宿命の子ではないか――しかも実の母親によって『悪魔の子』という名をつけられた。いずれその子が大人になったあかつきに直面せねばならぬことは、おのれの誕生が、実の母にも父にも呪われ、憎まれ、恐れられていた、というおそるべき真実だ。それを知ったときいったいその子はどのような感想をもつのだろう？　と、俺はお前からその話しを道中のつれづれにきいたとき、恐しいような寒いような思いにとらわれたものだった。――おのれが、おのれの素性について悩んでいればこそ、それはあまりにも恐るべき運命に俺には思われたものだがな。この世に、俺よりももしも不幸でいたましい運命があるとすれば、それはまさにそのドリアン王子以外考えられまい」

「それは、そうだけどさ……」

「そこへゆけば、そのイシュティだか、シューティだかという子どもは、母親に愛され、父親の生き形見として目の中に入れても痛くないほどに大事にされているのだろう。いや、マリウス、俺は、気の毒な絹に包まれたドリアン王子よりも、貧しい丸太小屋で母親に愛されているそのシューティ少年のほうがどんなにか幸せだと思うぞ」

「でも……あんなこころもとない暮らしぶりでは……」

「こころもとないかどうかはわからぬさ。俺とても、お前とても、宮殿の豪奢な暮らしとこうして旅して歩く自由な暮らしと、どちらをいいと思うかは、知れているはずではないか」

「だけど、いまのかれらのあの境遇を作り出したのが、イシュトヴァーンの野郎の好色と冷血だ、ってことだけは、グインだって、反論できないと思うよ」

マリウスはやっきになって言い返した。

「とにかく、あいつが手を出し――あのおとなしい娘は絶対に自分から男を、まして女主人の恋人を誘惑するような芸当は出来やしないよ。そうして、あいつが、あの娘を抱いて、そして捨ててしまったんだ。かけおちの約束なんて、あの野望にみちた男がちょっとでも本気でするもんか――あいつは、あの娘の処女を奪うために、お堅いミロク教徒の娘を落とすために、そんな口約束をしてあの娘を釣ったんだと思うね。そうして、あの娘はうかうかそれに乗った。それで、もう、アムネリスに顔向けできない、と思って絶望して――だって彼女は、湖に身を投げた、といってたよ！　可愛想じゃないか。

そんなに絶望してさ。あんないい加減な男のために！——しかも、それからお腹に子どもが出来ていることに気付くなんて。本当なら、それこそ、責任をとってくれといってイシュトヴァーンの野郎に親父かなんかをうしろだてにねじこんだところでちっとも不思議はないところだよ。もっともあの冷血野郎では、そんなことをしたら、あっさり親ごと消されてしまったかもしれないけどね！　だけどあくまでも大人しい影みたいな子だから、ああして大人しくお腹の子をかかえて行方をくらまし——まあ、親切な村人たちに助けられてよかった、というものだよね。あのしとやかで貞淑で、おまけに優しげな態度をみたら、そりゃ、どんな村人たちでも、よほどの悪党でないかぎりは、親切にしてやりたくなると思うけれどさ」

「まあ、いずれにせよ、それはわれわれにはあまりかかわりのある話ではないと思うのだがな」

グインはマリウスの熱狂ぶりにいささか困惑したように云った。

「それに、幸いもう雨もあがった。我々としては、このまままた旧街道をまっすぐ南下して、なんとか食べ物を手にいれ、今夜を過ごす工夫をしたほうがいいのではないかと思うのだが」

「それは大丈夫。彼女はぼくに、犬にもちゃんと食べ物をくれる、っていったから——犬なんていってすまないけど、まさか、おもてにぼくの連れの豹頭王グインが待ってるんだ、っていうわけにもゆかないだろう？　だからって、彼女はとても親切だから、人間の連れだといったら、どうして中に入って休まないのかと不審に思うに違いない。それで、ぼくは、犬が一緒なんだといったんだ。だけど……」

ちょっと考えて、マリウスはいった。

「ぼくは彼女にキタラを弾いて歌ってあげる約束をしたし、戻ってゆく約束をしたから、また戻るつもりだけど、あの娘なら、はかなげでひっそりした見かけのわりに肝も据わっているようだったから、もしかしたら、あなたを見てもちっともびっくりしないかもしれないな。彼女がいつごろ、イシュトヴァーンとそうなって、それでアムネリスのところから逐電したのかわからないけど、彼女はこの数年はまったく中原の事情にうとい、っていってたけど……イシュトヴァーンとアムネリスがそろそろ結婚するのしないのっていってたのって、二、三年くらい前だよね、確か。……って、ああ、あなたにきいてもしかたないのだっけ。でも、そのころって、そろそろケイロニアの豹頭将軍グインの名前って、中原にとどろきはじめていたかなあ。彼女が、いつごろ、アムネリスのもとを逐電したのかにもよるけれど、彼女がグインの名をきいていれば、あなたを見てもべつだんびっくりはしてもどうということはないだろうし――それにあの娘は信用できるよ。ぼくはそれだけは断言できると思ったな。ぼくはひとを見る目には自信があるんだ。なにせずっとずっと、長いことこうして旅を続けてきたからね。――本当にいろいろなひとと出会ったんだから。……だから、彼女には、知られても何も不都合はないと思うよ、あなたがぼくの連れだってこと。ちゃんと親切にしてくれて、そしてぼくたちが『誰にも、ぼくたちが会ったことを云わないでくれ』と頼めば、そうしてくれるに違いない。……それに、ぼくはなんとなく、彼女にちょっとでもよくしてやりたい気分なんだ。もう口説くのはよしにしたけどね。イシュトヴァーンと兄弟になるなんてまっぴらごめんだからね！　だけど、だから、ぼくの場合、よくしてやりたい、っていうのは、歌を歌ってきかせてやりたい、っていうことなんだけど。——それに、あの子ども、シューティ、あの子はあれはあれで、なかなかただものじゃないよ。いまに大きくなったらあの子はあれで、中原になにがしの風雲を巻き起こす存在にはなるにちがいない。うまくゆけば、勇敢で人望を集める一方の旗手としてね。悪くゆけばおやじと同じ無法者だろう。だが、いずれにせよ、あの子には何かしら、ひとの頭にたつだろうと思わせるものがある。あれは大した赤ん坊だと思ったね。——あの年でもう、お母さんを守ろうと剣——まきざっぽのだけど、それをふるってぼくにむかってきたり、とにかくやんちゃでやんちゃでどうにもしようがないんだ。……あの子を、なんとなく、グインに見せたい気持なんだけれどな」

「イシュトヴァーンの子か」

グインは唸った。

「とりあえず、俺がその子を見たところでどうなるとも思えぬが——まあしかし、お前がそういうのなら、そこに立ち寄るにはやぶさかではないぞ。俺にせよ、ともあれ空腹のままさまよい歩くというのはあまり歓迎せぬからな」

「明日になれば小舟を出して、雨が池を渡ってガウシュの村へいって、そこへゆけば肉も魚も酒もあるってローラは云っていたけれど」

　マリウスは喜んで云った。

「とにかく今夜はどんな粗末なおかゆでもなんでもいいから、お腹に入れさせてもらって、それで雨露をしのぐ屋根さえあれば文句はいえないよ。ぼくもそろそろ、屋根の下でゆっくり横になって眠りたいし」

　というわけで、二人は、雨のすっかりあがり、遠くにかすかに虹さえも出ている雨あがりの街道を、またたどりはじめた。

　マリウスの特技のひとつは、道の目印をたくみに覚えこんでおくことであった——それがなければ、吟遊詩人のきびしい旅を続けるのはとても困難だったのだ。それで、あの激しい雨のなかであったにもかかわらず、マリウスはやすやすと、自分が右手におれた曲がり角を探し出し、小川のほとりにグインを導いてゆくことが出来たのだった。

「俺のほうにもちょっとしたささやかな見物くらいはあった」

　グインは道をたどりながら、マリウスに話しだした。

「といって、俺の見たのは五人の騎士が雨中をかけて、どうやらあの、俺達のさきに見たあやしい一団に追いつこうとするようすだった、ということだけだが、ちょうど俺のかくれているあたりの前で、かしらだった一騎が馬をとめてあとのものたちを待っていたので、ちょっとしたやりとりをきくことができた。――むろん、必ずそうだ、という証拠はその話だけではないにせよ、このあたりにそうそう大勢、同じような連中がうろつきまわっているとも思われぬ。おそらく、あやつらがいっていた《光団》というのが、あの、われわれの見たあやしげな一団であり、その先頭にたっていた、あの銀の仮面の一騎、それこそがかれらのいっていたあの《風の騎士》という男なのだろう」

「《風の騎士》に《光団》」

マリウスはうろんそうにいう。

「なんだか、いい加減な名前じゃない？　なんだか、誰でもつけられそうな。第一何が風で、何が騎士なんだか」

「それは、俺はとんとわからぬが」

グインは苦笑いして、

「だが、あの追っていた連中は何者であったのか、その連中の敵か味方か――かれらの話をきくかぎりでは、どちらともとれた。《風の騎士》に会ったときから、かれらの使命ははじまるのだ、とその一騎は云っていた。何があろうと《風の騎士》を見つけ出さなくてはならぬ、ともな。それがわれわれの使命なのだ、といっていた。──よく統率のとれた一団のようだったし、紋章やはたじるしなどはむしりとってしまったり、あるいはわざわざ傭兵用のよろいかぶとを着用すればそれだけで変装にはなる。たぶんあの追いかけていた五騎のほうは、いずれは自由気儘な傭兵やそのへんをふらついている山賊のたぐいではなく、どこかの国の、使命をおびて行動している騎士たちだろう。──それらが、たぶん、その《風の騎士》の率いる光団というのと合流して、どうしようというのか──ひとつは、それを滅ぼそうとしている。もうひとつは──それと力をあわせようとしている……」

「なんだか、わからないけど、またせっかくちょっと中原がおさまってきたのに、いくさになったりしないでほしいな」

マリウスは不平そうにいった。

「やっと、人々の上に、安心して暮らせる日々が、パロにもクムにも戻ってきたところなんだからね。──ケイロニアはいつだって平和だけれど、ゴーラはイシュトヴァーン流血王のおかげで、たえずゆさぶられている。そしていまの中原の焦点はまさにモンゴールの反乱抗争だ。そこがおさまれば中原はひさかたぶりのまったくの平和を迎えることができるはずなんだ。──そしてイシュトヴァーンがせっかく、モンゴールの反乱を、多少なりとも珍しくしたでに出て鎮圧しよう、という気をおこしたのであったら、そのままそっとしておいて、中原のひとびとを心を安からしめてやりたいもんだ。そのために、もし、イシュトヴァーンの心変わりの理由が、あんたが刺して怪我をおわせたことにある、というんだったら、それはとてもいいことだとぼくは思うけどね」

「まあ、すべてはヤーンのしろしめすままに、ということでしかないがな」

グインは答えた。マリウスはふしぎそうにグインを見た。

「ときたま、本当にあんたが記憶を失ってるのか、そんなの絶対嘘にきまってる、と思うこともあるんだけどね。でもやっぱり、話していると、本当に記憶はないんだろうなあ。——でも、どうかしたはずみに出てくることばは絶対に……すべての記憶がなくなったわけじゃない、という証明だよね」

「そのようだな。だが、それ自体、いつ、何について出てくるのか俺にはかいもく見当がつかぬのだから、同じことだ」

グインは重々しく答えた。

マリウスはさらに何か続けて感想をいおうとしたが、突然歓声をあげた。

「ほら、小川をたどっていったらやがて木々のあいだに緑色の屋根と茶色の壁の小さな、自然に生えたみたいな丸太小屋がある……っていっただろう？　見えてきた、ほら、あれだよ」

もう、そろそろ日は暮れ方になってきている。

小さな、ほんのささやかな丸太小屋の窓に、あたたかなオレンジ色のあかりがともっていた。それは、このあまりにも広大な何もない自然のなかで、ひっそりと身をよせあっているあのよるべない親子の頼る、たったひとつのもののように見えた。

「ちょっと待っててね。グイン」

マリウスはいうと、キタラを背負ったまま勢いよく、丸太小屋への道をかけおりた。そして戸をたたく。すぐに戸があいた。

「まあ。マリウスさん。戻っていらしたのね」

「そりゃそうだよ。キタラをとってきて、歌をきかせるって約束しただろう?」

「ええ、わたくしも、それで、ちょっと……ありたけのものをかきあつめて、マリウスさんに食べていただくものを作ろうとしていたところでした」

「そうだったんだ。有難う、ローラ」

感動してマリウスはいった。

「きみってほんとにすてきだ。ところでねえ、ローラ、きみをちょっと……そのう、驚かせてしまうかもしれないんだけど……連れがいるんだ」

「その、犬さんでしょう? いいですわ、どうぞうちにいれてあげて下さい。雨はあがったけれど、今夜はちょっと冷えそうだし、犬さんだったら、スーティも喜びます」

スーティは相変わらず母親のスカートのかげにしがみついたまま、また来たのか、といううろんげな警戒心の表情もあらわに、マリウスを黒い――いまとなってははっきりとマリウスに親譲りであることを思わせるつりあがった目でにらみつけていた。

「それがね。……さっきはびっくりさせたくなかったので、犬だっていったんだけど……」

マリウスは口ごもった。

「人間なんだ」

「まあ。じゃあもちろん、なおのこと……」

「ねえ、びっくりしないでくれる？」

マリウスは云った。それから、思い切って呼んだ。

「グイン。紹介しよう、このおうちの女主人のローラさんだよ」

「グイン……？」

ローラの目がまるくなった。そのようすをみて、マリウスは、彼女が、少なくともケイロニアの豹頭王――かどうかはわからぬまでも、中原に名高い豹頭の勇士の名を知っていることを悟った。

「グインって、まさか、あの……」

「どうか、驚かないでね。ローラ、ぼくの連れというのは……この人なんだ」

マリウスが招くと、グインはうっそりと、マントのフードをかぶったまま木立のあいだからあらわれた。そして、フードをうしろにはねのけて豹頭をさらけだし、丁重に頭をさげた。

「お初にお目にかかる。あつかましく、お邪魔してしまい、まことに申し訳ないが、今宵一夜だけの宿をお願いしたい。いや、何も望まぬ。屋根のあるところでさえあれば。床の上であろうが、土間であろうが少しも否やはいわぬ。……それがし、ケイロニアのグインと申す者、理由あって放浪の旅に出、この吟遊詩人のマリウスと連れだっているのだが、このような人相風体につき、なかなか人里で宿をとるわけにもゆかぬ」

「ケイロニアの――豹頭将軍！」

驚愕したローラの叫びが、どこらあたりまで、ローラが中原の情報を持っていたかを告げていた。

「本当に、そのかたなんですの？――おお、まあ、なんてことでしょう、本当に、本当に豹頭でいらっしゃるんだわ！」

グインはじっとローラを見つめた。グインの前に立っていると、もともと小柄なローラは作り物のように小さく、本当に子供のように見えた――その足元のスーティなど、さらに小さく、それこそ小さな子猫か子犬のようにしか見えなかったのだが。

スーティは目をまんまるにして、母のスカートのうしろ、という安全な基地からじっと、このはじめて見る巨大な豹頭の戦士を見上げていた。泣き出すのではないか、とひそかにグインは懸念していたが、スーティはいっこうに泣こうとするけぶりさえなかった。

「母さま、だれ？」

スーティが叫んだ。

「このひとだれ？　きれい……おつむがいぬさんみたい」

「これ、スーティ、だめよ、そんな失礼な……このかたは、とてもとてもえらいかたなのよ」

あわててローラが云った。

「申し訳ございません。幼い子のいうことでございますので……どうぞ、中にお入り下さいまし。お偉い将軍様をおもてなしするにはあまりにも、何もございませんが……こんないぶせきところでございますが……」

「ほう」

目を細めて、グインはつぶやいた。

「あなたは、俺を見ても、あまり驚かれぬが。俺のことを、知っておいでか」

「ケイロニアの豹頭将軍、英雄のグインさま」

ローラはつぶやくようにいった。

「そのおすがたを見ただけで、わかります。――もちろん、わたくしのような、名もないちっぽけな女が、くわしいことを存じ上げているわけもございません。でも、その昔、宮廷のなかでいろいろおうわさを――あ」

「そのことだけどね」

マリウスがいまはこうと腹をくくって云った。

「これは……もしもぼくの勘違いだったら本当に申し訳ない。これはただ、単にぼくがおしはかっただけのことなんだ。とても失礼なことをいっていたらごめんなさい。あなたは――あなたはただのそのへんの娘が、土地の名士の屋敷でたぶらかされて子どもができた、なんていうひとじゃないだろう？　あなたは――ずばりいうけれど、もしかして……このスーティは……スーティのお父さんというのは、いまやゴーラ王としてその名も高い、もとモンゴールの左府将軍、ヴァラキアのイシュトヴァーンその人じゃないの？」

「な……」

いきなり、ローラがまた倒れてしまいそうになったので、マリウスはうろたえた。

「なんで……なんでそのことを……」

「あ、ごめん。びっくりさせるつもりじゃなかったんだ」

あわててマリウスは言い訳をした。

「でもただ……とにかく座って話をしようよ。だからって、ねえ、わかるでしょう。こちらも、豹頭王グインともどものお忍びの旅なんだ。いろいろとひとに隠さなくちゃならない秘密がある——ぼくにはとりあえずないけどね。だから、あなたの秘密をだって、大切にするし——決して、悪いようになんてしやしないよ。だけど、だから、今夜一晩だけは、たがいに胸襟をひらいて、安心しあって、語りあおうじゃないの。ぼくは、あなたにいろいろな中原の情勢について教えてあげられるし——グインが一夜、屋根のあるところで休めるのは、とても大切なことなんだ。ずっとこれまで、辛い夜をすごしてきたんだから」

2

「まあ——まあ、どうしましょう、わたくし……」

ローラは、おろおろしながら手をもみしぼった。

とりあえず、マリウスとグインを小屋のなかに招じ入れ、ローラはまた熱いお茶と、それに例の焼き菓子を出して、ふたりをもてなすのに懸命であった。そもそもの最初から彼女はもう、グインをあやしむどころか、すっかりその存在を受け入れ、ただただ「ケイロニアのお偉い勇者がこんなところ」へきてくれた、ということのほうに狼狽しているようであった。

「本当に何のおもてなしも出来ないんですのよ。——いま、とにかくマリウスさんにあたたかいものを召し上がっていただこうと、ちょっとありあわせの野菜と干し肉を煮ておりましたので——雨があがったから、湖水の向こうのガウシュの村までいって、卵や肉をいただいてこようかとも思ったのですけれど、そのあいだにマリウスさんがお戻りになったら、誰もいなかったらさぞかしびっくりされるだろうと思ったものですから…

…」

「親切だなあ、あなたって、本当に、ローラ」

マリウスは云った。

「あなたみたいな女性って、めったにいないと思うよ。本当に、あなたみたいなすてきな女性をこんな目にあわせるなんて、なんていうごうつくばりな奴なんだろう。実はね、たぶんきいたって信じないだろうと思うけど——ぼくたちはみな、そのシューティ坊やのお父さん……だとぼくは確信しているんだけど、くだんのイシュトヴァーン王にはちょっとゆかりのあるものたちなんだ」

「イシュトヴァーンさま……」

ローラはしばらく考え、それから、心を決めた。

「この話は……もう、わたくし、アムネリスさまのもとを出てからこっち、三年のあいだひとことととして、誰にも洩らしたことさえもございません。——でも、マリウスさまはあのかたとどのようなゆかりがあるのか、わたくしには想像もつきませんけれども、グイン将軍といえば、イシュトヴァーンさまといろいろとご縁のあったおかただというお話はうけたまわっております。——それに、もう、さきほど、アムネリスさまのご最期のお話をきかせていただき、あのようなうろたえぶりをさらけだして——さぞかし、マリウスさまにあやしまれているだろうと、わたくし、思っておりましたの。……ですからもう、戻ってきてはいただけないかもしれないな――と思いながら、戻っていらしたらいいな、と思いながら煮物をしておりました。……あのときにもう、もしかしたら、わたくしのいくじのないうろたえぶりでマリウスさまにわたくしの女主人と、それから――恋してはいけない人だったこの子のお父さまのことはおわかりになってしまわれたかもしれないと……」

「じゃあ、やっぱり、あなたの女主人というのはモンゴール大公にしてゴーラ王妃たるアムネリスで……そして、この子のお父さんというのは、イシュトヴァーン……」

「――はい」

絶え入るような声で、ローラはつぶやいた。

「申し訳ございません。ローラというのも、身を隠すためのかりそめの名で……わたくし、まことは……もとはアムネリスさまの侍女、フロリーと申します」

「フロリーさんか……」

マリウスはうなづいた。

「大丈夫だよ、ぼくたちのことは本当に信じてくれていい。決して、あなたのために悪いようなことは云ったり、したりしないから。それについては信用してくれていいよ。このグインは、もともと、イシュトヴァーンとともにいまではパロの支配者となっているリンダ王女とレムス王子の二人を守ってノスフェラスからはるばる旅をして、アルゴスまで辿り着いた——そのあと、二人がパロ奪還を達成してのちに、ぼくとグインは出会い、そして旅をはじめたんだけど、そのときに、偶然にも、あるところでイシュトヴァーンに会い——そして、イシュトヴァーンのやつが強引にぼくたちについてきて、しばらく一緒にいて……ケイロニアまで一緒に旅をしたんだよ。まあ、そのあいだ……その、ぼくとやつがとても仲が良かったとはいえないんだけれども、それでもそのあいだにぼくとやつはずいぶん一応知り合うことにはなった……かな。でもまあ、その後はあんまり愉快なひっかかりはないので……それについては、あんまり話すこともないんだけれども」

「豹頭のグインさまについては……アムネリスさまが、何回か口にしておられたのを覚えております」

フロリーは懐かしそうに云った。

「グインさまが、パロの双生児を救出された、あのノスフェラス遠征のとき……その遠征軍を率いていらしたのが、公女将軍とよばれたアムネリスさまだったのですわ。わたくしは、なにぶん砂漠のきびしい、しかも遠征の旅のこととてお供はいたしておりませんでしたけれど……そのおりのことは、よくよく強い印象を残しておられたとみえて、アムネリスさまはおりおりに、『あの豹頭の戦士』のことを口になさいました。——ですから、のちに、その豹頭の戦士が、対ユラニアの戦争で活躍され、ついには将軍となられた、という評判が伝わってきたとき、『やっぱりあいつなんだわ！　どうしても、普通の者じゃあないと思っていた』とアムネリスさまが云っておられたのも、うかがったことがございます」

「そうなんだ……」

「ずいぶんと、遠い昔のように思われますけれど……まだ、そんなに、遠い昔のことでもございませんのね……いま思い出してみれば」

　フロリーはしんみりと云った。

「わたくしは本当に物知らずの上にいくじなしの、何もわからないしょうもない娘で……アムネリスさまにも、怒られてばかりおりましたし……あれこれと目のまわるような運命の変転のなかで、金蠍宮からクムへ連れ去られて幽閉され、それからイシュトヴァーンさまに助けられてクムの湖上の宮殿から脱出し……そうして、イシュトヴァーンさまがモンゴールを奪還する兵をおこされ……あれよあれよというあいだに、あまりにもいろいろなことがおこるのを、ただただ、目をまるくして驚きながら見つめているばかりでした。……その意味では、何にも本当に、わたくしはわからないまま、ただ茫然としていただけだったのかもしれません。……いまになってみると、なんだか、すべてが嵐にでもまきこまれたようなのですけれど……こうして、ただひとりで、訪れるひともなく暮らすようになってから、ずいぶんと物思う時間がございますから、夜、この子が眠ってしまったときなどに、ずいぶんとあれやこれや、思い出したり、考えたりしていたものですけれど……なんだか、本当に、自分がどんなにいたらない女だったか、どなにしょうもない、うぬぼれたばかな小娘だったか……それで皆様に御迷惑をかけ――アムネリスさまにも、イシュトヴァーンさまにも、御迷惑をかけてしまったんだなあ、と悲しくて……」

フロリーはそっと指さきで目がしらをおさえた。

「なんだかなあ！　なんで、君って、そんなふうに、引っ込んでばかりいるの？」

マリウスはいささか苛立たしげにキタラを抱え直しながら、

「そんな、君だけが悪いなんてこと、あるわけないでしょうが。――だいたい、あいてはあのイシュトヴァーンなんだろ？　あいつは漁色家で有名なんだし――こういったら悪いけれどさ。そもそも、自分の妻になろうという女の侍女に手を出すなんて、厚顔にもほどがあるよ。君は被害者なんじゃないの？　すべては、あいつが仕組んだことなんだろう？」

「いいえ、いいえ」

フロリーは思わず細い手をねじりあわせた。

「そうではないんです。……あのかたをどうぞ、悪くおっしゃらないで下さいまし。みんな、フロリーが悪いんですわ。あのかたは、ただ、とてもあのとき……苦しんで、悩んでおられましたの。そして……わたくしのほうから……ついつい、口をすべらせて、お慕いしております、と申し上げてしまったんですわ。一生、云ってはならぬはずのことばでしたのに……そのおかげで、アムネリスさまを裏切ることになってしまい――すべてはフロリーの罪なのです。だから、いまこうして、ここでひっそり暮らしているのは本当にイシュトヴァーンさまのせいではなくて……わたくしがみんなばかで、罪深い女だったからというだけのことなんです。だのにこうして、静かで平和な暮らしを許されて……わたくしにとっては、本当に身にあまる幸せで……このスーティもおりますし……」

「よい子だ」

重々しくグインは云った。スーティはグインの外見によほどびっくりしたらしい。小さな母親にしがみつくようにして、まじまじとグインを見守り、じっと見続けて、マリウスが一人で客となったときのように、木刀で斬りかかったりもしないし、威勢良く何かしゃべったりもしないで、ただただ目をまんまるくして、グインを見つめていたのだった。

「名は、なんと?」

「畏れおおいことではありましたけれど……」

フロリーは口ごもった。

「せめての思い出のよすがにと……お名前を頂戴させていただきました。この子の名はイシュトヴァーン——あのかたは、みなにイシュト、と呼ばれておいでになりましたから……参謀のアリストートスさまとか、お近しいかたにはです。ですから、それはおそれおおいので……あのかたがいちど、子どものころはイシュテイと呼ばれていた、とおっしゃっていたのを思い出して——イシュテイと呼んでいたのですけれど……それだと、もし……わかる人がいれば、すぐに——イシュトヴァーンさまとのかかわりがわかってしまうかもしれないと思いまして……シューテイと呼ぶことにいたしました。——この子はまだ自分で口がまわらないので、自分のことをスーテイと申しますけれど……それも、かわいらしくって……」

「イシュトヴァーン……」

不思議な思いが胸につきあげてくるのを味わうようにして、グインはつぶやいた。

「いまだ、どのような罪にも苦しみにも、そして疑いや不安にも汚されておらぬ、無限の可能性ある白紙の人生をもつ、もうひとりのイシュトヴァーンか。……俺は、感傷でいうわけではないが、この子には、いまひとりのイシュトヴァーン、この子の父が経験した苦しみや不幸や間違いや——疑惑や不信、そして血なまぐさい殺戮を知らずに、素直にのびやかに、幸せに育ってほしいものだと心から願うぞ。——同じ名をもちながらも、もしもこの子が父と同じ道を歩まずにすむときには——そのときこそ、《イシュトヴァーン》というその名はあらたな意味を持ちうるかもしれぬ。より幸せで満たされた、祝福された名としての意味をな。小イシュトヴァーン、よい子だ。お前の人生が、父のそれよりも、血と苦しみと戦火と不信とにいろどられたものでなくすむように。——愛と信頼と、そして強さと真実とが、お前にとって、父を誤らせたさまざまな苦しみや流血のかわりに訪れるように」

「まあ……」

フロリーはみるみる目に涙をうかべ、そしてかたくスーティを抱きしめた。

「有難うございます。有難うございます！——グインさまのような英雄にそのようなおことばをたまわるなんて。……それだけでも、この子はなんと果報者なのでしょうか。グインさまのことは、わたくしのような何も知らぬ女でもうけたまわっております。そのおかたから、そんな祝福をしていただけるなんて。スーティ、よかったわね……このかたは、それはそれはお偉いかたなのよ。世界に二人とない英雄なのよ」

「えいゆう……」

不思議そうに、スーティはつぶやいた。その黒い瞳はぱっちりと見開かれて、なおもグインをまじまじと見つめている。

「本当に、父によくも似通った面差しをしているものだ」

グインはつぶやいた。

「マリウスが、ひと目みて、その子の父はきっとそうだろうと力説した理由がようやくわかった。――これならば、血筋のつながりを証拠だてる品などは何ひとつ必要あるまい。もうちょっとこのまま大きくなってゆくなら、誰もが――彼を知るだれもが、なるほどこの子の父は彼なるべしと確信するほかはないだろう。彼当人といえどもな」

「あのかたは……」

フロリーは口ごもった。

「あのかたは……どうしておられるのでしょうか……」

「それは……」

グインとマリウスはちょっと顔を見合わせたが、ややあって、グインは静かに答えた。

「いま、ちょっと戦いで負傷し、まもなくトーラスから、ゴーラの新首都イシュタールへとしりぞくところのようだ。――まもなくモンゴールの反乱もおさまるだろう。アムネリス王妃の死去によって、モンゴールは激昂し、若者たちがこぞって反乱軍に身を投じた。――そして、その反乱を鎮圧すべくイシュトヴァーンはモンゴールを訪れ、トーラスからはるばるルードの森の彼方までも反乱軍の首領を追求し、ついにこれをとらえたのだが――当人の負傷により、事態は大きく展開したときいている。おそらくイシュトヴァーンは、アムネリス王妃とのあいだに生まれたモンゴールの血をひくドリアン王子を新モンゴール大公とし、そのことでモンゴール人民の怒りと不満をなだめようとす

るだろう。それまではおそらくモンゴールにとどまるか――それとも、いったん傷をいやしにイシュタールに戻り、それからまた戻るか。その場合にはカメロン宰相が折衝のため、いれかわりにモンゴールにやってくることになるのだろうが、いずれにせよモンゴール内乱もほどなく終結をみるだろう」

「モンゴールに……」

フロリーはひっそりとつぶやいた。

「あのかたが、モンゴールにいらっしゃる……お怪我をなさって……アムネリスさまとのあいだに生まれたドリアン王子さま……」

「この子の、腹違いの弟、というわけだな」

おだやかに、グインが云った。

「そのような存在がこんなところにいる、ということを知ったとしたら、おそらく、いろいろとまたもめごとの種がまかれるだろう。ドリアン王子はまだ生まれて半年もたたぬ赤児ゆえ、当人がどうこう思うという可能性はなかろうが、むしろ俺が気になるのは、この子の存在が、いずれまた中原になんらかの戦乱をもたらすかもしれぬという可能性だ。――それが俺の思い過ごしであればよいが」

「この子の存在が……そ、それはどのような？」

驚いてフロリーは身をかたくし、スーティをしっかりと抱きしめた。まるで、そのようすは、どこかから、誰か悪人どもが、スーティを連れ去りにくるのではないか、と怯えおののいているかのようにたよりなげに見えた。

「俺の思い過ごしかもしれぬ」

グインは考えこみながら、

「だが——これは……俺が直接知っているというよりはこのマリウスにきかせてもらった話にしかすぎぬと思ってくれたほうがよいが——ケイロニアのアキレウス大帝は、かつて政略結婚でクムの公女たる妻をめとり、いまではわが妻であるシルヴィア皇女を得たが、ついにその妻マライア皇后を愛することが出来ず、おとなしやかな愛妾ユリア・ユーフェミアとのあいだに、やはりオクタヴィアという皇女をもうけた。この皇女のほうが、シルヴィア皇女よりも先に生まれ、つまりは姉にあたる存在だった。だが、それを知ってマライア皇后と手を組んだ皇弟ダリウス大公の陰謀により、ユリア・ユーフェミア姫は暗殺され、オクタヴィア皇女は男性としてひそかに隠して育てられた。——そして、皇位簒奪者としてダリウス大公に使用されるはずだったが、まあいろいろあって……結局のところ、オクタヴィア皇女もめでたくアキレウス帝の娘として認められた。だが、そのゆえに、いま現在、ケイロニア皇室がらみでは、妾腹の年長の皇女オクタヴィア姫と、正室だが謀反人であるマライア皇后の娘シルヴィア姫と二人の皇女のどちらが世継の女帝となるかという、微妙な問題も発生しているらしい。——この子は立場的には、もしもイシュトヴァーンが——この小イシュトヴァーンではなく、父親たるイシュトヴァーンがだが、この子の存在を知った場合には、おそらく——さいごには非常に憎みあうようになっていたらしいアムネリス王妃とのあいだに生まれ、しかも母にうとまれて、悪魔の子、という恐しい名を与えられてしまったドリアン王子よりは、自分と同じ名をもち、しかも……こんなに自分と似た面立ちをもつスーティのほうに愛情をかたむける——というような可能性もないとはいえぬのではないかな」

「そんなこと、ありえませんわ」

フロリーはきっぱりといった。

「そのような可能性はありません。だってわたくし、決してこの子を、イシュトヴァーンさまに引き合わせたり——この子がいる、ということを、決してイシュトヴァーンさまにお知らせしたりするつもりはありませんもの。……この子は、偶然出来ていて、そしてそれをミロクさまの御意志としてわたくしがひとりで生み、育てている子です。父上はイシュトヴァーンさまであっても、それはあくまでもこの子をわたくしに下さった、ということだけ——この子は、中原のそんな戦火や陰謀のただなかには決してやりません。わたくしが、ここでひとりで育てあげ、元気で善良で、そしてミロクを深く帰依する、誠実な若者に育てるつもりです」

「ほう……それは、それは」

「わたくしはこんな無力で何もできぬ女ですけれど……ミロクさまを信じることについてだけは、誰にもひけをとらぬつもりです。そして、この子も、ミロクさまの下されものとして、ミロクさまに捧げるつもりで大切に育てようと思っております。――それが、あれほどお世話になったアムネリスさまを裏切ってしまったわたくしの出来る唯一のおわび――わたくしは決して、アムネリスさまのお子さまの地位を、この子のためにあやうくさせるようなことはさせませんわ。そのくらいなら、またこの子をつれてどこかもっと遠い遠い、本当にこんどこそ誰ひとり知ったもののないところへ出ていってしまうでしょう」

「そうか……」

「イシュトヴァーンさまは、ゴーラの王様におなりなのですね……」

フロリーは遠くを見つめ、祈るように両手を組み合わせた。

「もっともっと、きっとあのかたは偉くおなりになりますわ。……アムネリスさまとは、不幸にも、うまくおゆきにならなかったようですけれど、でもあのかたはあんな素晴しいかたですもの。……そのうちにきっと、あのかたを誰よりも愛する素晴しい女性と出会って、あらためてそのかたをお貰いになりますでしょう。……わたくしとあのかたではほじめからつりあいなどまったくとれていませんでしたし、わたくしも何にも望んでおりませんでした。本当は、一生誰にも――もちろんあのかたにも云わず、胸の奥に秘めたままこの恋心を一生持って、死んでゆくつもりでした。――あんまり苦しくて、そのまま湖に身を投げてしまおうか、とさえ考えましたけれど……それもいま思い出せばなんてちっぽけな、おろかな思い上がった考えだったのだろうと思います。あのかたの選ばれた輝かしい人生と、このフロリーの小さな小さな、ささやかな虫けらみたいな人生なんか、何も本当はまじわるところはなかったのに――ちょっとでもわたくしの存在が、あのかたにとって何かになるかもしれないなんて、そんなことを考えたことそのものが傲慢で、思い上がったことでしたのに。――わたくしはでも、いまはもうとてもやすらかな気持です。アムネリスさまがそんな亡くなられかたをしたとうかがって……とてもいたたまらない気持になりましたけれど、それも……ずっとこの湖水のほとりでいろいろ考えて静かな日々を暮らしながら、この子を育てているあいだに、自分のなかでいろいろと決着がついてゆくだろうと思います。……もう、わたくしの人生は、終わってしまったんですわ。これは余生なんです。……そうして、あのかたはもっともっと、遠くへ、もっと大きく、もっと輝かしくおなりになる。……わたくしみたいなものが、そのお邪魔をするなんて、とんでもないこと……」

「ねえ、きみ」

いささかたまりかねたようにマリウスが口をはさんだ。

「君はそんなふうに謙遜というか、卑下ばかりしているけれど――あの男がいま、本当は中原でなんと呼ばれているか知っているの？　あの男が、いまどんなふうになっているか想像がつく？——あいつは、すごく荒れているんだよ。あいつはゴーラの殺人王、流血王とよばれ……あいつのためにたくさんの血が流れ、アムネリス王妃だって、つまるところはあいつに殺されたようなものだと思うから、モンゴールの人民はみなこぞって立ち上がり……」

「あのかたは、そんなかたではありませんわ」

静かだが、ゆるぎない確信をこめて、フロリーは答えた。それをきいて、一瞬だったが、マリウスは、なんで自分はこの小さなほっそりとした、ほんのひとつかみに出来そうな小さな顔をした女を気が弱いとか、かよわいとか考えたのだろうと不思議な気持さえした。

「あのかたのお心は本当は決して血に飢えても、殺人を愛してもおられはしません。わたくし、あのかたが、あの当時からそう云って罵られていたのはよく存じておりますわ。アムネリスさまもよく、育ちが悪いとか、野蛮だとか、残酷だとかといって、あのかたを悪くいっておられました。——でも、フロリーだけは知っています。あのかたは……あのかたは、可愛想なかたですわ。寂しくて……とてもとても寂しがりやで、そしてこころもとなくて、小さな小さな子どものようなおかた。……誰も、あのかたのその寂しがりやのお気持をわかってあげようとしなかったから、あのかたは、いつもいつも苦しんでおられたんです。あのとき一瞬でしたけれど、フロリーに見せてくださった、あのかたの本当のお顔……それは、とてもいたいたしい、傷つきやすいものでした。——あのときのあのかたの御様子だけは、フロリーの心のなかにしっかりとしまってあります。もちろん、野望もおありだし、あれだけ力のあるかたですもの、戦争もなさいましょうし、殿方ですから、血なまぐさい戦いをお好きな部分もおありでしょう。また、力があって若い殿方なら——ましてあのように綺麗で力にみちみちたかたなら、どんな女の人でも夢中になりますわ。その女の人達と楽しく恋を語ることだってなさいますでしょう。でも、あのときのあのかた、あれだけはフロリーのもの——あの一夜、あれだけは……誰もわたくしから奪うことはできないんです。わたくしは……あの一夜の思い出だけに生きている、もうとっくに死んだ女なんです……」

フロリーはそっと顔をおおった。泣き出すのか、と思ったけれども、泣き声はそのひそやかな口からはもれてはこなかった。

「ええ……と——その……」

やや、具合の悪そうな沈黙をやぶるように、マリウスが云った。

「それじゃ……とにかく、ぼくの歌をきいてみない？　せっかくキタラをとってきたんだから。それとも、御飯をいただいてからにする？」

「これが煮えるのには、もうちょっとかかりますから」

フロリーも、話がかわるのを嬉しそうに、顔から手をはなして、青ざめた小さな顔に優しい微笑みをうかべた。

「ぜひ、お聞かせ下さいな。わたくし、とてもとても歌をきくのが好きなのです」

「それはいいや。じゃあ、歌うよ――スーティも聞いててね。お兄ちゃんは、歌を歌ってキタラをひいて、お金をいただくのが仕事なんだけど、今夜は泊めて貰うんだから、何もご祝儀の心配はいらないからね」

マリウスはキタラを抱え直した。いくつか、和絃をかなでてみて、気に入った音があったらしく、にっこり笑う。グインもゆったりと座り直した。スーティはまだまじまじとグインをだけ見つめていたが、最初の音が流れ出すと、おや、という顔つきになってマリウスを見つめた。暖炉の上には、かけられた土鍋がことことと煮え、あたたかな湯気とよいかおりがたちのぼっていた。外は暮れ方になってきていたが、この粗末な丸太小屋のなかは、とてもあたたかく、そして平和であった。

3

湖畔の一夜は、静かに過ぎていった。

フロリーはなかなかに料理がたくみで、粗末な材料しかなかったにもかかわらず、そのていねいに作った煮込みは格別の出来映えであった。マリウスが、「これはすごい。こんなうまいものは、このしばらく食べたこともないよ！」と叫んだくらいだった——それはまんざらお世辞でもなかった。もっともマリウスはどちらにせよ、グインの救出軍の遠征に加わってからこっち、確かにまともな煮炊きしたものにはあんまりありついてはいなかったのでもあったが。

グインにとってはますます格別の味わいであった。フロリーは自分で焼いたかるやきパンをそえ、野菜と干し肉の煮込みと、それに湖畔でつんださまざまな果実の砂糖漬や砂糖煮でかれらをせいいっぱいもてなした。例の貴重なカンの実だの、野生のヴァシャ、それに野生の林檎だの、さまざまなものがこのあたりには自生していたので、フロリーはごく貧しかったにもかかわらず、保存してある食料はけっこうゆたかであった。カンの実の砂糖漬にいたっては、パロの宮廷などで出されるような貴重な品だったのだ。

それでもフロリーはしきりと、出せる御馳走のとぼしく貧しいことを申し訳ながり、「明日ならば、雨が池の向こうにわたって、魚や肉をもらってこられる」のだが、と繰り返した。だが、グインたちにとっては、肉や魚などなくても、この静かな一夜のほうこそ、これまでしばらく味わったこともないような、おだやかで心慰められるものであった。

幼いスーティはすっかりグインに魅せられてしまったようであった。フロリーの話では、スーティはそもそも、ガウシュの村人たちのほかには、男性というものをほとんど見たことがないのだ。ガウシュの村人たちはまた、あまり若いものはおらず、みな髭をはやした年寄りばかりだ、というのがフロリーの説明だった。

「だものですから……スーティは、最初にマリウスさまをお見かけしたとき、マリウスさまがとてもおきれいなので、男の人か、女の人か、わからなかったみたいですのよ」

フロリーは笑った。

「でも、グインさまは……またこんどは、おつむがそんなふうになっているかたを見たのはもちろんはじめてですものね――これはわたくしもですけれど、でもそれですっかりスーティは夢中になってしまったみたいですわ」

スーティは、しきりと小さな手をのばして、グインの頭をなでたがった――グインは笑いながらしたいようにさせてやった。

「このマリウスも最初に俺に会ったとき、頭をなでさせてくれ、といってきかなかったものだ。——そういうことをしたがるのは、幼い子供だ、ということなのかな」

「吟遊詩人の魂には幼い子供が宿っている、ということなのかもしれないね」

マリウスは、おのれの歌と物語が、めったには得られないくらいの反響を呼び覚ましたので、これまたとても満足そうであった。フロリーはマリウスがどんな歌を歌っても感動して涙ぐんだ——そして、マリウスの語り聞かせるどんなささやかな物語にも、目を丸くして感動しながら聞き入ってくれたので、聴衆は少なかったけれども、マリウスにとっては、その一夜はきわめて充実したカルラアに捧げる演奏会となったのである。マリウスはあとからあとから好きな歌を歌い、つきるところを知らぬかのようであった。また、マリウスのゆたかな美しい声は、涸れるということを知らぬようであった。

「あの、金蠍宮をこっそり抜け出してきた恐しい夜以来、こんなに楽しい思いをしたのは、生まれてはじめてです」

フロリーはまたしても涙ぐみながら云った。

「あの当時はもう二度と、微笑むことも笑うことも、ましてや声をたてて笑うことなど一生ないだろうと思ったものでしたわ。——でも、いま、それでは中原にはそんなことが起こっていますのね！　なんてことでしょう。パロもモンゴールもクムもユラニアも、そんなにかわってしまったんですのね。——なんだか不思議です。夢みたいだわ」

「そう、たしかに、いまのところ中原は激動の時代を迎えているといっていいね」

マリウスは、自分の語るどんな物語にも鋭敏に反応して喜んだり驚いたりしてくれ、歌にうっとりと酔い痴れてくれるフロリーにすっかり好感を持っていたので、とても親切にどんな質問にもこまごまと知っているかぎりを答えていた。確かに、フロリーはもう長いあいだ、まったく世間というものとつきあうこともなく時をすごしてきたのだ。

ことにまた、このような山間にひとり暮らしていれば——むかいにガウシュの村はあるにせよ、とうていそこにも情報などはやってこない。

「わたくしたちは——といってもガウシュのひとびとはまだわたくしよりはずっとましですけれど、本当に、大昔の人たちと同じような暮らしをしているんですわ」

フロリーは笑いながら説明した。

「さきほど、グインさまが、中原の情勢についてお話になりましたでしょう。あれをうかがって、フロリーは、いったい殿方というものは、どうやってどこから、そんな新しい情報を仕入れてこられるのだろうとほとほと感心してしまいました。マリウスさまは吟遊詩人でいられるんですから、それは当然、情報を集めるのがお仕事でしょうけれど……ガウシュのものたちは、わたくしと似たり寄ったりの知識しか、いまの中原について持ってはおりません。ですから、グインさまがケイロニアの豹頭王になられたことも存じませんし、もしかしたら、わたくしはそれでも、三年近く前には、一応金蠍宮にいていろいろな情報をきける立場にありましたから――アムネリスさまのおそばづきでしたし、ですから三年前まではわりあいにいろいろなことを聞いていましたし、二年前まではかくまってくれていた、カムイ湖の湖畔のある小さな領主のおうちでもほんの少しはいろいろな情勢について知る機会があって――それで、アムネリスさまとイシュトヴァーンさまが結婚なさった、というようなこともきいたんですけれど、ガウシュのおじさんたちは、もしかしたらもっとずっと昔から、何ひとつ知らないままかもしれません。自分たちがそもそも、いったいどこの国に属しているのかということも――その国をおさめているのはいま、いったい誰なのかということも」

「まあ、小さな山あいの自由開拓民の村なんかだと、そういうこともときたまあるみたいだけれどねえ」

マリウスは笑いながら云った。

「でも、そんな小さな村でも、そこにあるということがわかってしまうと、課税しに役人がやってくるようになったりするんだね。――そうなると、いろいろな人の浮世の苦しみや悲しみがはじまる。ひっそりとこうやって人里離れて暮らせる場所を見つけたなんて、君はとても運がいい人なのかもしれない」

「ええ、そう思って、朝に晩にミロクさまに感謝しております。本当に」

フロリーはひっそりと云った。

「わたくしみたいな罪深いもの、よこしまな罪を犯してしまった女には、身に余るほどの幸せを与えていただいていると思っておりますわ。——そう思うにつけ、アムネリスさまのお身の上がしのばれてならず——いつも、アムネリスさまのことばかり気になっておりました。アムネリスさまはどうしておられるだろう、アムネリスさまはお幸せでおられるかどうか——イシュトヴァーンさまと結婚された、というお話をきいたときには、それではわたくしのこともアムネリスさまには知られずにすんだのだな、あれほどかわいがっていただいていたわたくしが恩知らずにも突然逃亡してしまったことが、イシュトヴァーンさまにかかわりがあるとも思われずにすんだのだなと——本当にほっとして、ほんの少しだけ自分のおかした罪の重さが軽くなったような気がいたしました。そうして、ただ、ひたすら、イシュトヴァーンさまとアムネリスさまがうまくいって、幸せになって下さればよいと——自分は決して、一生、ここにこんな、イシュトヴァーンさまのおとしだねがいるなどということを誰にも知られてはならぬと思っておりましたのに……そのアムネリスさまはもうおいでにならない。この世界のどこにも、おいでにならないんですのね……まだ、信じられません」

フロリーはまたちょっと涙ぐんで目がしらをおさえた。彼女はとても泣き虫であるようだった。

「もし、わたくしがおそばにいたら、ちょっとはアムネリスさまのお苦しみを軽くしてさしあげることはできなかったのだろうか——それとも、アムネリスさまともども、せめて、ごいっしょにドールの黄泉までお供することは出来たのだろうか……などと、さっきからずっと考えてしまうのですけれど……」

「そんなことをしたって、何の役にも立たないし、アムネリスとイシュトヴァーンの結婚生活というのは、そもそもが間違っていたんだと思うよ」

ずけずけとマリウスは云った。

「悪いけど……あなたの御主人様についてはよく知らないけれどもね、イシュトヴァーンという男は、人間関係をうまくやってゆけるようなやつではないと思うもの。だってその証拠に、あのアリストートスという醜い参謀も結局イシュトヴァーンの手にかかって殺されたし、それにモンゴールだって結局はイシュトヴァーン軍に征服されて、ゴーラの一属国にされてしまったんだから。それに反発する人々がいま反乱軍をおこして、あちこちの地方で内乱を起こしているわけだけれどもね」

「おお」

フロリーは悲しそうに云った。

「どうか、イシュトヴァーンさまを、あまり悪くお思いにならないで下さいまし。あのかたは……あのかたは、本当は、そんな恐しいかたじゃあないんですわ。あのかたはただ、とても……誤解されやすいおかたなんですの」

「こりゃあ驚いた。君は本当にそう思ってるの。だったら……」

マリウスは思わず何かさんざんなことを言いかけたが、グインが目顔でとめたので、不承不承黙った。

「確かに、イシュトヴァーンには、そういう部分はないとは云えぬようだな」

おだやかに、グインが助け船を出した。

「だが、また、アムネリス大公との短く不幸な結婚生活は、それなりに色々な理由があって破綻したにせよ、俺としては、そこに取り残された不幸な子どもひとりがもっとも心にかかってならぬ。あの子どもはどのように育つのだろうとな。——それがまた、のちのちに、中原になんらかのわざわいの種をまくことにならねばよいのだが。まあ、それも、そうなってからの話で、いま何もそこまで、《ヤーンのサイの目を予想してかけ金を放り出す》ことはないのだがな」

「まあ、ヤーンの手だけは誰にも平等だ、ということだよね」

マリウスは気を取り直していうと、ついでにキタラを抱え直した。

「さあ、もう一曲きかせよう。——こんどはじゃあ、トーラスにつたわる古い歌を歌ってきかせるよ。ぼくはかなり長いことトーラスにいたんだ。トーラスのことは、どこの町よりもよく知っているんだよ——きみもトーラスの生まれなんだろう？」

「ああ――ええ、そうなんです」

フロリーはなかば上の空で答えた。だが、マリウスが和絃をかなで、トーラスに伝わる古い恋唄を歌いはじめると、目をとじてうっとりして聞き惚れた。

その夜はまことにおだやかな、そして平和な静寂のうちに過ぎていった。むろんその静寂とは文字どおりのものではなかった――マリウスがいるところに、決して文字どおりの静寂など、ありえなかったからである。だが、それは、かれらの誰にとってもめったにないほどしずかで、そしておだやかな夜であったことは確かであった。

夜遅くまで語り合い、マリウスの歌をきいて、かれらはようやくかなり遅くなってから床についた。フロリーは寝台を旅人たちに譲ると言い張ったが、幼い子供がいるのだとなだめられて、やっとスーティともども寝室にひきあげた。スーティのほうは、マリウスの歌とグインの存在とにすっかり興奮していたのだが、さすがにそこは幼い子供で、夜がふけてくるともう目をあいていられなくなってしまった。もともと、もっとずっと早く、それこそあたりが暗くなったらすぐに寝てしまうような年齢だったのである。

寝台を提供できぬかわりに、フロリーはあるかぎりの敷物や毛布や、上着などをみな提供して、土間になんとかして寝られる場所を作った。下には、燃料にしようととってあったかわいたわらをしき、その上にいろいろなものをしいて、とりあえずの寝台を作ったので、それは充分に旅のものたちにとってはありがたい寝床になった。そうでなくともう長いあいだ、グインはまともな寝床に寝たことなどなかったのだ――もっとも最近に寝た一番寝床らしい寝床といえば、セムの村の、寝わらをたくさんしいたそれであったのだから。二人はたちまち眠りにおちてしまった――そして、屋根と壁とによって安全に守られている、という信じがたいここちよさに陶然としながら朝まで夢もみずにぐっすりと眠った。

朝の光と小鳥のさえずりに起こされて、かれらが目をさましたとき、同時に、たまらぬほどよいにおいが、鼻と空きっ腹をくすぐった。早起きのフロリーがにこにこしながら、もうきれいにつややかな黒髪も三つ編みに結い上げて、せっせとなにやらを煮ているところだった。

「これでさいごのひきわり麦ですけれど」

目をさました客たちにフロリーは説明した。

「どちらにしてもきょうはガウシュまでいって、いろいろなものを買ってこなくてはいけない日でしたの。よろしければ、御一緒にガウシュの村へいって、マリウスさまのお歌をきかせてはどうでしょう。そうしたら、村人たちはたくさんおあしをくれるでしょうし、そうしたら、肉や干し魚やいろいろな食べ物が買えますわ。もしよろしかったら、お疲れがいえるまで、何日でもご逗留になっていて下さい。こんなところでよろしければ」

「それでは、しかしあまりに迷惑をかけすぎることになるだろう」

「いいえ、とんでもないことです」

フロリーは嬉しそうに微笑んだ。

「わたくし、おふたかたがこの屋根の下に泊まってくださって、自分が毎日毎晩、どんなに心細く、不安な、さびしい思いをしていたかはじめてわかりましたの。おふたりがきのうこの屋根の下に眠っていらっしゃると思うと、これほどよく寝られたのは、ここにきて以来はじめてのことだったんですよ。――そうして、ひとが――ことに男のかたが屋根の下にいっしょにいて下さる、というのはなんと心強いものなんだろうと思ったのです。それに、わたくし、とてもとてもおしゃべりをして皆様を悩ませておりません？　本当はこんなにおしゃべりではないんですけれど、この二年間、ずっと話し相手といっては赤ん坊のスーティしかなかったものですから……なんだか、有頂天になってしまって。お恥ずかしいかぎりですけれど」

「とんでもない」

グインとマリウスはちょっと目を見交わした。それからグインが云った。

「では、申し訳ないがもう一日二日逗留させてもらうこととしようか。それほど先を急ぐという旅でもないし、それにマリウスも近所で商売が出来るというのなら、それは願ってもないだろう。――ただ、俺はそういうわけにもゆかぬ。俺がそのような村にあらわれたら、何も俺のうわさをきいていない村人だったら、悪霊があらわれたと思って恐慌に陥るだろう。俺は、よろしければスーティの面倒をみながら、この小屋に残っていさせてもらえれば幸いだが」

「まあ、それは願ってもないことです」

フロリーは目を丸くして両手をうちあわせた。

「スーティを舟にのせて、雨が池のむこうに連れて漕ぎ渡るので、毎回神経をすりへらしていたんですのよ。――それにスーティは、グインさまが大好きなんです。きのう寝る前にも、『グインおじちゃん、あしたもいる？　豹のおじちゃん、あしたもいる？』といいながら寝ましたし、朝になって、目をさましていった最初のことばは、『豹のおじちゃん、まだいる？』ということだったんです」

「それはまことに光栄だ」

重々しくグインは云った。

「では、俺はスーティの子守りをつとめるということにしよう。こんな幼い子供と知己を得たことはないのでいささか心配だが、スーティはさいわいとても賢い子のようだから、なんとかなるだろう」

「それなら、わたくしは、マリウスさまとガウシュの村にいって、マリウスさまを村びとたちに紹介し、そしていろいろ必要なものを買い入れて参りましょう。――それに、作りためておいたいろいろなものをわたくしも売りにゆかなくてはと思っていたところでした。きのうお話しましたけれど、わたくし、レースを編んだり、ぶどう豆のつるでかごを編んだり、それからさとうづけの野生の果実をいろいろ作ったり、果実酒を作ったりいろいろなことをして、それをガウシュの村で売りますのよ。ガウシュの人たちもけっこう喜んでくれるので、作るのもはりあいがあります。——それにわたくし、ガウシュの女のひとたち……だけでもありませんけれど、その縫い子も引き受けたりしているんです」

「あなたって、ほんとに有能なんだな」

感心してマリウスが云った。フロリーはまたぱっと頬をそめた。

「とんでもない。ガウシュのひとびとはきっとマリウスさまの歌に聞き惚れてしまいますわ。きっと、ガウシュのほうにずっと滞在してくれ、とも云われると思いますけれど」

「そうしたらそっちでとどまって商売してもいいけれど」

言いかけてマリウスは首をふった。

「いや、でも、とにかく夜はここに戻ってきて寝ることにするよ。だってここには君がいるんだからね」

「まあ……」

フロリーはまたしても首のつけねまでバラ色に染めた。その初々しいはじらいを、マリウスは好もしげに眺めていた。イシュトヴァーンの手のついた女などとんでもない、というマリウスの気持は、一夜があけるとまたまた少し変化をきたしているようであった。

フロリーの作った朝食は質素だけれども、腹の底まであたたまって、それにうまかった。スーティもおとなに負けぬくらい食べた。もう、おぼつかないながら自分でさじを持って、なんとかしてかゆを口に運んで食べることには馴れていたのである。スーティは全体にかなり発育が早いようであった。もっとも、比べる対象も知識もないフロリーには、それはそうと知るすべもなかったのだが。

「ぼくにも、スーティよりちょっと小さいくらいの女の子がいるんだ。いまは遠くはなれているんだけれども」

マリウスはしんみりと、元気いっぱいにかゆをたいらげているスーティを眺めながらいった。

「可愛い子なんだよ——親ばかと云われてしまうかもしれないけれど、本当にそれこそ地上の天使のように可愛らしい女の子なんだ。素晴しい巻毛で、くるくると大きな目をしていてね。……だけど、その子はかわいそうに、耳がきこえないらしいんだ。耳がきこえないから口がきけないのか、口ももともときけないのかわからないんだけれど、生まれてこのかた、ことばを発したことがないんだよ。——もうちょっと大きくなったら、本格的に治療をしなくてはいけないかもしれないんだけれど、ぼくはその子のことを考えるとふびんでね。——だって、彼女は、ぼくの歌をきくことが出来ないんだよ。だけど、彼女はぼくが歌ったら、とてもふしぎそうに、きこえぬはずの耳をそばだて、一生懸命ぼくの弾いているキタラに触ろうとした。何か空気の震動によって、何かが伝わったのだろうか——ぼくはそう信じている。そして、あの子はいまに、ヤーンの奇蹟によって必ず耳が聞こえるようになる、そうしたら、なにごともなかったかのようにことばもしゃべるようになる、と思うんだけれど。ぼくは、まだ一度もマリニアがぼくのことをかわいいおしゃまな声で『お父さま』と呼んでくれるのをきいたことがないんだ」

「まあ……」

みるみる、フロリーの感じやすい目は涙でいっぱいになった。

「そうなのですか。……いま、おいくつなんですの、そのお嬢ちゃまは」

「ええと、その」

マリウスはぐっとつまってしまった。

「い、いくつだったかなあ。もうそろそろふたつ——いや、もう三つになるのかなあ……待ってよ、ええと……」

それからマリウスはちょっとまわりを見回して照れ笑いをした。

「ひどい親だと思っているだろうね」

言い訳がましく、グインとフロリーのどちらにともつかず云う。

「だけど、ぼくは……仕事だの、悪いやつにひきさらわれたりして、とても長いことむすめと離れていて——むすめが生まれたことさえ、長いあいだ知らないままだったんだ。べつだん、薄情だからじゃないよ。遠いキタイの牢屋に幽閉されて、いためつけられていたんだから。やっとこのグインのおかげで助け出されて、トーラスの我が家に戻ってきたら、ぼくにはむすめが出来ていた、っていうわけなんだ。そのむすめともまた別れてこうして旅の空にいる。吟遊詩人というものは、そういう運命のものなのだと思うけれど、ときたま、とても悲しくなるんだよ。いくらぼくとはいえ」

4

朝食が終わり、フロリーがもろもろの家事を片付けてしまうと、早速、かれらは小舟をこいで、小さな雨が池を渡り、対岸のガウシュの集落まで商売をしに——フロリーは食べ物や手作りのさまざまな品を売りに、マリウスは歌を歌い、いろいろな出来事の話をして金をもらうためにゆくことになった。スーティは、母親についてゆきたがってちょっとごねたが、グインと二人でこの家で留守番するのだ、ときかされると、おおいに納得したどころか、とても満足したようであった。

「すーたん、豹のおじちゃんといっしょ」

スーティはまた、顔じゅう口にして笑いながら云った。

「すーたん、豹のおじちゃんとエイエイする。……おじちゃんつよい？」

「このおじちゃんは、世界で一番強いんだよ」

笑いながらマリウスがいうと、スーティの目はこれ以上なれぬくらいまんまるくなった。

「せかい……いちばん……」

「そう、こんなに強い人はほかにだれもいないんだよ。すーたんもおじちゃんに剣術を教えてもらうといいよ」

「けんじゅつ……エイエイか？　すーたん、おじちゃんにけんじゅつおしえてもらうよ。えい、えいいって」

「おいおい、マリウス」

グインは笑った。

「この子をそんな殺伐としたものにかりたてると、フロリーさんに怒られるぞ。ミロク教徒はすべての殺生を禁じているのだろう」

「ええ、でも、殺生をせずにすむためにも、強くなくてはなりませんものね。それはそう思っております。ことにこんな場所で、あんな出生の秘密をもって育ってゆくのですから、自分で自分の身を守るだけの強さは身につけてほしいと思っております」

フロリーはしっかりと云った。グインはうなづいた。

「よいことを云うな。確かに、自分で自分の身を守るだけの強さがあれば、かえって殺生をせずにすむ。――貴女は一見ひよわそうだが、中身はとても強い女性のようだ。だから、スーティがこうしてよい子に育っているのだろう」

「そういっていただくと、なんだか、これまでの苦しみも努力もすべてむくわれて、とけてしまうような気がいたします」

　フロリーはまたしてもちょっと目をうるませながら笑った。

　かれらは手伝いあって、湖というより大きめの沼、といった大きさの雨が池のほとりに、フロリーがつないであった、小さな古い小舟に、フロリーが木の箱にいれてあったいろいろな商品や、かごにいれた、フロリーが村の人々に頼まれた仕立物やつくろいものを積み込んだ。きのうの雨が嘘のように、けさは上々の上天気であった。

　フロリーは、留守番に残るグインとスーティのために、テーブルの上に、かるやきパンと干し魚と果実の煮込みで簡単な昼食の盆をととのえ、おまけにおやつにと、朝のうちにまめまめしくひらたくてたっぷり木の実の入った軽い焼き菓子まで焼いてあった。それに、

「お湯をわかして、このいれものにお茶の葉が入っていますから、お茶をいれておやつになさって下さいね」

　といたれりつくせりにととのえると、

「夕食までにはいろいろ持ってとにかく戻って参りますね」

　そう告げて、フロリーはマリウスともども、雨が池を渡るために小舟に乗りこんだ。

　スーティはグインにもうすっかり馴れきっていて、グインの胸に抱かれて手をふりながら、湖水をわたる母親とマリウスを見送ったが、グインとふたりで残されることにすっ

かり満足しているらしく、あとを追って泣くようなようすなども全然なかった。

「あんなに、スーティがなついてしまうなんて、グインさまって、やっぱり不思議なかたですのね」

フロリーはそれを見かえって感心してつぶやいた。

「それに、きょうは——いつもは立ち上がったりして危なくてしかたのないスーティを叱りつけながら、わたくしの細腕で小舟をこいで、雨が池を渡るので、とても大変なんですけれど——きょうはマリウスさまが漕いでくださるし、荷物ももって下さるし、なんだか本当に楽で助かりますわ」

「こんなこと、なんでもないよ。男にとってはなんでもないことが、かよわい女のひとにとってはそんなに大変なんだから、やっぱり男と女というのは、つがいになっていっしょにいるべきものなんだと思うな」

マリウスはいい調子で小舟のかいを動かしていた。天気もいいし、雨が池はまんなかに小さな中の島があってガウシュの村はそのむこうにちょっと屋根が見えているくらいだが、そんなに大きな池でもない。おまけに周囲の岸は美しい灌木林で、なかなか眺めのよいところだ。岸辺近いあたりには一面にアシが生えている。フロリーはそのアシを刈り取って枯らせて、それでいろいろなかごだの皿だのを編むのだ、ともいった。

「本当は、岸まわりで歩いていってももちろん、一ザンくらい歩けば着けるのですけれれ、それでもそれだと、スーティ連れのわたくしにはほとんど荷物が持てません。それで、なんとか、小舟をこぐ方法を覚えたんです。もっともそれは、カムイ湖のほとりに身をひそめているときに、教えていただいたのが役にたったのですけれども。――なんだか、わたくし、昔はとてもばかで――これがなくては生きてゆけないだの、これがこうなってしまったらもうどうにもならないだのとてもおろかに思っていたんです。ですけれど、あまりに次々といろいろな変転を経て――クムの大公様に、アムネリスさまともども湖の上の離宮にとじこめられて暮らしたり――赤い街道の盗賊団と一緒に旅から旅へ追い立てられて暮らしたり、戦場でびくびくふるえていたり――そんなことばかりしているうちに、だんだん、ひとというものは、どんなところでも生きられるし、何をしてでも生きられるのだ、ということがわかるようになって参りました」

「それは素晴しい。――きのうから思っていたんだけれど、あなたは絶対に、アムネリス大公のもとをはなれて、こうやって流浪の旅に出てきたことは正しかったんだよ。それはとてもよいことだったんだ。だっていまのあなたはとても生き生きしていて、きれいで、それに本当に魅力的だもの。とてもたくさんのことを出来て――自分の力で生きる、ということを知ったひとの強みというのかしら。それは失礼だけど、もしかしたら、アムネリス大公の忠義な侍女として、その宮廷の世界しか知らないおとなしい女の子だったころのあなたにはなかったものなんじゃないのかしら。そのころのあなたのことは当然ぼくは知らないんだけど、そのころのあなたに会ったとしたって、そんなにいまみたいにひきつけられたかどうか、わからないと思うなァ」

マリウスはちろりとフロリーの顔をぬすみ見た。そして、フロリーがまた、ぱっと頬を赤く染めるのをこっそりと確かめた。

「そうだよ。いまのあなたはとても魅力的だと思うよ。ぼくはいつも流浪の旅にいて、いろいろなひとに出会うから——とてもとてもたくさんの女性に出会う。それも、本当に——なんといったらいいんだろう。はだかのままの、というか……あ、いや、これは、なにも、ベッドの上でだけ知り合うから、っていう意味でそういってるんじゃないよ。本当に服を脱いでるかどうか、っていうことじゃなくて……そんなことといわなくてもわかると思うけれど。あなたはとても聡明なんだから」

「おお、お願いですわ、マリウスさま」

フロリーは、いささか歯の浮くようなことばを並べながらゆるゆると櫂を動かしているマリウスにむかって、哀願するように、

「どうかそんなにわたくしのことを聡明だの魅力的だのとおっしゃらないで下さい。わたくし、動転してしまいます——そんなふうに、褒めていただいたことなんか、めったにないんです。わたくしはいつも、ちっぽけでとるにたらない侍女のフロリーにすぎなかったんですわ——アムネリスさまにとてもかわいがっていただいたことさえ、分に過

ぎたこと、身に余る光栄と思って恐縮しておりましたのに――それだのにそのアムネリスさまに背いてしまって……でも本当にわたくし、何にもとりえのないちっぽけななさけないいくじなしの、平凡な女で……そんなに褒められたことなんかまったくないんです。わたくし、きれいでもなんでもありません。おきれいなのはあなたですわ、マリウスさま。わたくし、こんなきれいな殿方がいるなんて、全然知りませんでした。イシュトヴァーンさまは確かにおきれいといえばおきれいでしたけれど、あのかたはとても男性的で――あ、いいえ、マリウスさまが女性的だ、なんていう意味ではありませんのよ……決して。でも、あのかたは、もっと……なんというんでしょうか、荒々しくて、嵐みたいで……本当に、強い嵐みたいな男らしいかたで……」

ふいに、その嵐にどのように自分がさらわれてしまったかを思い出したかのように、フロリーが目のなかまで赤くなった。そのようすを、じっとマリウスは観察していた。かれのしょうもない――確かに、マリウスにはいろいろとよいところもあったが、いっぽうでは、サイロンで怪我の身を養われているときにも、邸の侍女たちに色目を使わずにいられなかったり、もうタヴィアと結婚してからでも、旅先で平気で身を売って商売をしてしまったり、というような、まことに女性にとっては腹立たしいあまりにも不道徳なところもあったのである――女好きの心は、最初のうちこそ、（あのイシュトヴァーンが抱いた女を抱くなんてとんでもない。もう、手を出すのはやめた）と思っていたのだが、そのうちに、まただんだん変わってきて、(自分を捨てたイシュトヴァーンをいまだに愛して崇拝しているというこのちっちゃな娘の気持ちを、自分のほうに向けかえさせてイシュトヴァーンなんか忘れさせてしまったら、さぞかし痛快で気分がいいだろうな——)という、たいへんよこしまな気持がさしてきていたのである。

マリウスは、かなり自信のある流し目で——ただし、フロリーがどちらにせよかなり初心だとふんだので、警戒されないように、流し目だとわからぬていどの強さで、目にしかしはっきりとある意味合いをこめながら、フロリーを見つめた。フロリーはイシュトヴァーンとのひとたびきりの逢瀬——そのたったひとたびで彼女はスーティを宿し、また出奔してすべてを失うことにもなったのだ——のことをまざまざと思い出したかのように耳まで赤く染めていたが、ふいに、マリウスの凝視に気付くと、うろたえたようにおもてをふせた。その白い頬は、いったんふいにその赤身を失い、それからこんどは、また多少色合いの違うバラ色にじんわりと染まってきた。

その反応はマリウスを満足させ、もう一歩思い切ってすすめてみる気にさせた。

「ぼくは、きれいなのかな?」

マリウスはにっこりととびきりの女殺しのほほえみ——と自分で名付けている——を作ってフロリーを見つめた。フロリーは動転した。

「あの、あの、どうか……そんなに、そんなにまじまじとごらんにならないで下さいまし。わたくし……あの、わたくし、お化粧もしておりませんし……それに、こんなそまつななりで……あの……マリウスさまのようにおきれいなかたと、こんなに近くに……小舟に乗り合わせているなんてことさえ、生まれてはじめてのことなんでございますから……わたくし、本当に、あの……」

「可愛い」

マリウスはつと、膝をすすめて、フロリーの膝に膝がふれるように座り直し、ぐいと膝のさきでフロリーの膝をつついた。フロリーは飛び上がって、ちょっとうしろに離れようとしたが、小舟がぐらぐら揺れたので、悲鳴をあげて舟のへりにしがみついた。

「どうした、立ってはあぶないよ」

マリウスは平然と、ゆるゆると櫂をつかいながら、

「座っておいでよ。……ねえ、フロリー、フロリーって可愛い名前だね。……そう云われたことはないの？」

「あの……いいえ、あの……」

「きのうから思っていたんだよ。君はとても魅力的だ——イシュトヴァーンのやつなんかには勿体ないよ。とても可愛くて、可憐で、清楚で……優しくて、お料理がうまくて、なんでも気が付くのにひかえめで……」

「その——その意味は、ちっぽけでとるにたらなくて、地味で目立たなくて……という

のでございましょう」

フロリーは必死になりながら応戦した。

「おたわむれに――おたわむれになるのはおやめ下さいまし。わたくしは……わたくしは、わたくし……」

「ねえ、フロリー。むろんガウシュの村へは渡るけれども……ちょっとその中の島につけてゆかない？　ぼくは、ちょっと……気持が悪くなってきちゃった。船酔いしたのかもしれない」

「ええっ？」

フロリーは真っ正直に大きく目を見開いた。

「ご、ご気分が悪いんですの？　それは……いけません。あの島で少し休んでゆかれたほうがよろしゅうございます？」

「ああ、できればそうできたらいいんだけど……でも君は早く帰らないとスーティが心配なのかな」

「あ……いいえ、まだこんなに日も高いですし、小舟なら、半ザンもあれば……対岸につきますし……あの、でも、本当に、ご気分が？」

「そうなんだ」

マリウスはしゃあしゃあと、

「ぼくは舟に弱いものだから、すっかり酔ってしまった。ちょっと、横になって休みたいんだけどな」

「あの中の島は何にもございませんけれど……何か、飲み物……おお、そう、少しだけ、おひるにと思って水を持って出たのですけれど……」

「水はいいよ、フロリー」

マリウスは手をのばすと、つと、フロリーの小さな手をとった。いつも、正直のところ、オクタヴィアのたくましい手をつかむのに馴れているマリウスにとっては、信じがたいほどにきゃしゃで小さな、よくこれでいつも自分で、しかも赤ん坊を連れたまま対岸まで漕いで渡っていると感心するようなほっそりとした手だった。

「なんて君の手は小さいんだろう」

マリウスはすかさず、その手を自分の頰にあてた。

「それにとてもつめたい。——この手をあてると冷えて気持がいい。ねえ、とても熱いだろう、ぼくの頰？」

「え……ええ……」

心ならずもフロリーは手を引っ込めそびれて、真っ赤になったまま手をつかまれるにまかせた。だが、心配そうに、もときた岸にスーティたちの姿を探した——が、もう、グインとスーティはとっくに家のなかに入ってしまっていて、全然こちらからは見えなかった。

「それに、ぼくって、男にしては髭がうすいでしょう？　どう？　けっこう、すべすべしてるでしょ？」

「あ——ああ、ええ、は、はい、ほんとに——ほんとにすべすべしておいでになります。……びっくりするほど、お肌もおきれいで……」

「君もとても肌がきれいだけど……顔だけじゃなく、隠されているところもそうなのかどうか、知りたいなあ」

「え……えっ？　あの——あの……」

「そこの岸につけていい？　なんだか本当に気持悪くて、吐きそうだ」

「まあッ、ど、どうしましょう」

あわててフロリーはマリウスの手をふりもぎり、必死にマリウスをのぞきこんだ。

「あの、大丈夫ですか？　どうしたらいいのかしら、わたくし……わたくしがかわって漕ぎましょうか。それとも……」

「とにかくせっかくそこに島があるんだからあがろうよ」

マリウスは悪魔のように——というよりも、淫魔の夢魔エイーリアのように、というべきかもしれないが、囁いた。そして、勝手にどんどん、ちっぽけな池のまんなかにある、ささやかな島に小舟を漕ぎ寄せてしまった。

そこにはあまり、舟をもやうものもいないのだろう。だがそれでも、船つき場というには程遠いけれども、たまに漁師が小舟をつけるのか、小さな杭が何本かたててあった。マリウスはすばやくもやい綱をそこに投げかけて、ぐいぐいとたぐって舟をひきよせ、岸につけると、櫂をつきたて、とうてい船酔いで気分がひどく悪いとは思われぬ敏捷な動作で岸にとびあがった。が、そのまま、どちらの岸からも見えそうもないあたりをすばやくうかがって、岸辺の草のあいだに、背中をまるめて、嘔吐をこらえているようなふりをした。

それはごくごく小さな、それこそさしわたし二十タッドもないような島というより岩であったが、その上にはびっしりと草が生えており、まんなかには何本かけっこう大きめの木も生えていた。すばやくそのあたりのようすを見てとったマリウスは、（あの木のかげの草むらなら……なんとか……）とけしからぬもくろみのあたりをつけ、なおも苦しそうな呻き声さえあげた。フロリーはあわてて舟からおり、スカートのすそをからげておそるおそる水辺をわたって、マリウスに近づいた。

「あの、お水を……お飲みになったほうが……」

「大丈夫、気持悪いから、背中をさすっていて。それですっかりよくなるから」

「こ、こうでございますか？　まあ、どうしましょう……お加減がそんなに悪いようでしたら、ここでやすんでいて下されば、わたくし……漕ぎもどってグインさまをお連れしてきて……」

(冗談じゃない)

マリウスはつぶやいた。そして、フロリーに背中をさすられながら、しだいにからだを低くかがめた。

「そんなことをしないで。そんなことをしたらよけい気持が悪くなっちゃう。……大丈夫だよ、ただの船酔いだから、ここにこうして横になって休んでいれば大丈夫だから……」

「舟に弱くていらっしゃるなんて、わたくし、ちっとも知らなくて……申し訳ありません……それだったら、陸路をいけばよかった……」

「大丈夫だったら。……それより、ぼくが気分よくなるようにしてくれない？」

「え、あの、どうすれば？　お背中をさするよりもっと……」

「うん、このほうがいいな」

云うなり、マリウスは、ひょいとからだを入れ替え、フロリーの小さなきゃしゃなからだをかかえよせて、その唇をなんなく奪ってしまった。

「ああッ！」

フロリーは悲鳴をあげた。だがその悲鳴は弱々しかった。

「な、何をなさるんです。マリウスさま」

「はじめてみたときから、とても可愛いひとだなと思っていたんだ。フロリー」

マリウスは、おのれの最大の武器である、その素晴らしく甘い声を最大限に利用して、フロリーの小さなバラ色の耳朶のなかに甘いささやきを吹き込んだ。ああっと、フロリーが何かにうたれたように身をふるわせる。

「ほんとに、あなたは可愛いひとだよ。……こんな可愛いひとをみたことがない。こんな可憐なマリニアを、あんなイシュトヴァーンなんかに摘ませて——しかも捨ててしまうなんて、あいつはなんて馬鹿なんだろう。……ぼくなら、絶対にあなたを捨てたりしないよ、フロリー……」

「何を——ああ、何をなさいます……」

フロリーは弱々しく身をもがいた。

そもそも、正直いって、ケイロニアの女性というのは全体に大柄でたくましい骨格をしている上に、オクタヴィアはそのなかでもわけても長身でしっかりとした骨格をしていた。なにしろ、男装して皇太子を詐称しようとしていたくらいなのである。余分な肉がなくほっそりしていたから、すらりとしてみえたが、そののち、さすがに妊娠出産を経て肉は以前よりはついてきて、さらに堂々たる美女になってきている。しかも、彼女は剣をみっちりやって鍛えていたから、筋肉も男性なみに発達している。おまけに気性も激しく、剛毅で父ゆずりに果断である。

たいへん正直なところ、タヴィアのほうがマリウスよりも上背も体重も多かったし、そのことは、二人のあいだではあまり口に出してはならぬ事実であった。だが、恋愛時代に、「花嫁をかかえて寝室に入るのはタヴィアのほう」だ、というような冗談がかわされていたくらいで、本来、体格的にも、また当然ながら腕っ節でも、マリウスはタヴィアが相手だと相当分が悪い。というよりまったくかなわない。べつだん、そのことでタヴィアにいやけがさしたわけではなかったが、マリウスのまわりには、当面、このフロリーのような、小柄で華奢で抱きしめたら壊れてしまいそうな――などというタイプはまったくいなかったのは事実であった。おまけに、気性のほうも、フロリーは、マリウスがついぞ見たこともないような、内輪で内気でひかえめで、あとにばかりひいている女性であった。

小柄で華奢で痩せ形、ということなら、かつてマリウスが捧げ物にされそうになった義妹のシルヴィアもひけをとらないが、シルヴィアはシルヴィアで、おそろしく癇性で我が強い。まあ姫君などというものは、多かれ少なかれそのようなものにならざるを得なかったのかも知れないが、フロリーのおとなしさとひかえめさが、マリウスにとってはなかなか新鮮な獲物であったのも、またしょうもないことであった。フロリーは本当に小柄でやせっぽちの上、気性も弱く、なよなよとしていたので、まったく腕力などに何ひとつ自信のないマリウスの細腕であってさえ、フロリーを抱きすくめて動けなくするのはわけはなく——もっとも、イシュトヴァーンならぬマリウスにとっては、それはあるていど全力で押さえつけなくてはならない力わざであったのだが——そのこと自体が、そんなことのめったにないやさ男のマリウスの微妙な征服欲をかきたて、刺激していたのかもしれなかった。

「お願いです。何をなさるんです……そんなこと、そんなみだらがましいこと……」

「ひとというのは、フロリー、恋をして、愛し合って生きてゆくように作られているんだよ」

もっとも、これで力自慢の戦士であれば、腕のなかにおさえつけた可憐な獲物をあっさりと力づくでわがものにしてしまうのだろうが、マリウスは職業的な色事師の誇りにかけて、そんな無法をする気はなかった。かれの最大の誇りは、「すべての女は自分が口説けば必ず惚れる」というものだったのだから。

「こんなに若くて可愛いのに、昔のことなんか考えてちゃ駄目だ。——さあ、ね、もう一度キスしよう。大丈夫だよ、キスだけ、キスだけだから……」

「そんな、そんなことをなさってはいけません。わたくしは……わたくしはミロク教徒……」

「ミロクの教えだって、恋をするななんていってはいないよ」

マリウスはなおも熱い息をフロリーの耳朶に吹き込んだ。そうすると、フロリーの小さなからだから、そのたびに少しづつ、力が抜けてゆくのを鋭敏に見てとっていたのである。

第四話　ミロクの村で

1

「恋──恋って、そんな……」

「心配しないで。ぼくには、遊び心なんてないから」

マリウスはいけしゃあしゃあと──少なくともヴァレリウスあたりが見ていでもしたら、確実にこの形容詞を用いたであろう──囁いた。そして、ふたたびフロリーの唇に唇をかさねた。

フロリーはまだ信じがたいことがおきたようになかば茫然としていたが、ふいに、はっとしたように、これまでとは違ったもがきかたでもがいた。

「おやめ下さい。わたくし、わたくしはそんなつもりであなたがたのお宿を申し出たわけではないんです」

「そんなつもりって。恋をするのにそんなつもりもあんなつもりもないじゃない。ただ、すてきだなと思って——可愛いなと思って、それだけなんじゃない？　フロリー、ぼくのことを、嫌い？」

「そんな、そんなことはありません。マリウスさまはとてもすてきなかたですし……おきれいだし、お歌も素晴しいし……でも、それと、これは……」

「ぼくは君に恋をしてしまった」

ここぞとマリウスは熱をこめてささやいた。

「ぼくだってそんなつもりなんかなかったんだよ。君があまり可愛くて健気で——とてもつらい運命に、そんなにも健気に立ち向かっているようすを見ていて、おまけに君がどんなに料理が上手で、スーティのいいお母さんで、そしてとても勇敢に自分の運命を受け入れ、よりよくしようとたたかっているかを見ていたら、なんだかだんだん、君が可愛くてたまらなくなってしまったんだ」

「そんな……」

「何も望んでいないよ」

マリウスはそっとまたフロリーの唇に唇を這い寄らせた。こんどはフロリーは抵抗しなかった。

「君がこれまでの生き方を変えなくてはいけないような——ミロクの教えにそむくようなことは何も望んでない。ただ、君と……もっと仲良くなりたいだけだ。君のそばにゆき、君を感じ――君にもぼくのことを感じてほしいだけだ。こんな可愛い女性を見たのははじめてだよ……君は本当にすてきなひとだ。ぼくの探していたとおりのひとだよ。ぼくの小さな――小さなマリニア……」

「マリニア……って、それは……確か、マリウスさまのお嬢さまは……そうおっしゃるのでは……」

「ぼくは、だから――ぼくの小さなマリニアに、まさにきみみたいなひとになってほしかったんだと思うよ」

マリウスはそろりそろりと、けしからぬ指さきをフロリーの胸もとに這いあがらせはじめていた。フロリーはうろたえてそれをおしのけようとした。その細い手首をかるくおさえて、マリウスはそのふらちな探索を続けた。

「ああ、だめ、いけません」

「ぼくは、白い小さな野の花マリニアのようなひとが好きだ。――だから、自分のむすめに、そういうひとになってほしくて、マリニア――という名前をつけた。きみのような、優しくて健気で女らしい、しとやかでつつましやかでひそやかな、こんな女人になってほしいと思うんだ。……そして、その野の花を、ぼくに摘ませてくれないかな。そうしたらぼくは世界一幸せな男になれる……」

「ああ、だめ、だめです。マリウスさまのそのきれいな……あ、甘いお声でそんなことを……わたくし生まれてこのかたそんなこと、だれにも云われたこと……」

「だったら、そんなのって間違っている」

マリウスはそっと唇をフロリーの耳たぶにつけ、あっと小さな声をあげるのを、そのまま首すじのほうに這わせていった。

「きみは、愛されて、守られて、大切にされて幸せになるべきひとだよ。……少なくとも、愛してる、とたくさんたくさん云われて、これまでの健気な年月をむくわれるべきひとだよ。だれもきみにそういってくれたひとはいないの？　こんなに可愛いのに。……こんなにすてきで、こんなに優しく、こんなに頑張ってきているのに。こんな小さなからだで――こんなかわいいお乳をして……」

「ああッ」

フロリーはこんどはかなり本気の悲鳴をあげた。

「い、いけません。何をなさるんです。そんなところを触らないで……あっ、あっ、駄目です。いけません……ああ、だめ、からだの力が抜けて……」

「一回だけ」

マリウスは悪魔のように囁いた。

「一回だけ、きみのこの可愛い胸にキスさせて。――それで、あきらめるよ。きみのことは……だってきみはぼくのことを嫌いなんだろう？　どうせぼくが明日になればいってしまうと思って、それでぼくのことを拒もうとしているんだろう？　ぼくは、きみのためなら、何日この地にとどまっていたってちっともかまわないのに……そうしてぼくはきみのために歌を歌ってあげる。きみはぼくに愛をくれ、そしてすてきなおいしいお料理を作ってくれる……なんてすてきなんだろう。だのに、きみは、ぼくのことが嫌いで……」

「嫌いだなんて――嫌いだなんて！」

泣き声のようなかぼそい声だった。

「じゃあ、好き？」

マリウスは追及した。フロリーはとうとう本当に弱々しい啜り泣きの声をもらした。

「ああ、お願いです。お願いですからどうかいじめないで……わたくし、そんな……そんなことに、馴れていないんです。あなたが――吟遊詩人のあなたがこれまでたくさん相手にしていらしたきれいな令嬢や奥方たちみたいに……そういうお遊びには馴れていないんです。わたくしは……たった一回、あのかたのお情けを受けただけで……そのほかには本当に……ああ、本当にわたくしなんて、からかっても何にも面白くありません。わたくしは何にも――本当に本当に何にも知らないんです。男のかたも……あのときただいちどきりしか知りません……それだって、知ったといっていいのかどうか……わたくし、ほとんど何がどうなったのかわからず――半分気を失ったままで……ただ、気が付いたとき、あのかたの胸に抱かれていて、もしかしたらこれは……ミロクの教えを破ってしまったのだろうか、とただただ恐ろしくて……あのころはまだ、本当の意味ではミロク様に帰依してはいなかったのですけれど……とても心ひかれて、自分にはいちばんふさわしいかもしれないと思っていましたから……」

「一度だけだって！」

さすがに呆れて――あるいは感じ入ってマリウスは叫ばずにいられなかった。

「それじゃ、手をつけたって……あの悪党にただ一度、処女を奪われて、それで君はみごもり、そうして捨てられてしまったのか。それじゃあ、あんまりじゃないか」

「捨てられたなんておっしゃらないで下さいませ、お願いです」

フロリーはしくしく泣きながら哀願した。

「そんなふうにはっきり云われてしまうとあんまり自分がみじめに感じられて……わたくし、生きてゆけないような心持になります。きっと、わたくしが面白くない女だったから……あのかたは、わたくしを抱いて、それで一回かぎりでもういらないと思ってしまわれたんです。それも当然です。わたくし、本当に何ひとつ知らないんです……おまけに、おまけにあの、アムネリスさまに……」

「え」

また愕然としてマリウスは叫んだ。

「きみ、まさか、アムネリスとなにか……」

「キスされただけです」

真っ赤になりながらフロリーは叫んだ。そして、身悶えして顔をおおってしまった。

「それとその……ほんのちょっと……もうちょっと……いまあなたのなさろうとしてるようなことを……それだけです。あのかただって、何もご存知なかったのですもの。でもあのかたは……わたくしを、妹みたいに思っている、可愛いといつもキスしてはおっしゃって下さいました——それだけでわたくし、もう一生殿方とは絶対に……何もしないと誓ったものです。それだのに、わたくしはその誓いを破ってしまった。わたくしは……二重にも三重にも罪深い女なんです。ですから、お願い、どうかもうわたくしをこんなふうにからかったりなさらないで」

「イシュトヴァーンは、どんなふうにきみを捨てたの。もうお前とは別れる、って云われたの」

「そんな——別れるもなにも、あのかたにとってはほんのただの出来心だったんですもの」

わっと泣き出してフロリーは、息ずすりしてしゃくりあげるあいまに云った。

「わたくしが——あのかたがとても苦しんでおられるときに、ついつい……お慕いしておりますって云ってしまったから——あのかたは、わたくしみたいなものにさえすがりつきたいようなお気持でいられたんだと思うんです。……それでも、あのかたは……とても誠実なかたでしたから……」

「ハッ！」

思わずマリウスは叫ばずにいられなかった。だが、フロリーは聞こえもしなかったようだった。

「本当なんです。それで、あのかたは、もったいなくも——わたくしと、一緒に逃げよう、一緒に逃げてくれとおっしゃいました。……今夜真夜中のヤヌスの刻に、庭のあずまやで待ち合わせて……そして一緒に金蠍宮から逃げようといって下さったのです。——でも、それを……ああ、それを本気にするなんて、なんてばかなフロリーだったのでしょう！　わたくしみたいなちっぽけなとるにたらぬものと、本気でモンゴールの左府将軍にして、あの輝かしい《光の公女》アムネリスさまに愛されているあのおかたが——一緒に逃げようとお思いになる、なんて……どうして、一時の情熱に流されてそんなありうべからざることを信じてしまったんでしょう！　あのときのことを思うといままでもうちのめされます。なんてばかなフロリー——なんて愚かな、なんて思い上がった、なんてうぬぼれやのフロリー！」

フロリーはもっと激しく泣いた。

マリウスは思いがけない展開に、ちょっと閉口したが、とりあえず、この状況を利用してもうちょっと有利にもってゆけないかと、手をのばし、フロリーを胸に優しく抱きしめた。フロリーは誰の胸に倒れこんだのかもわからぬかのようにマリウスの胸に顔をうずめ、しくしくとしばらく泣き続けた。さながら、この何年にもわたってじっとこらえにこらえてきた——それともたったひとりで夜ごとに枕を濡らしてきたすべての涙が、彼女のなかからあふれ出てほとばしってしまった、とでもいうかのように。

だが、それで、しばらくたつと彼女も少し落ち着き、恥ずかしそうに、下スカートのすそでそっと涙をふいた。

「申し——申し訳ありません。こんな興醒めなところをお目にかけてしまって……」

フロリーは小さな、蚊の鳴くような声で云った。

「もう、さぞかしうんざりされたことでしょう。……わたくし、本当にそんなつまらない女なんです。……だから、イシュトヴァーンさまも、わたくしなどに手を出したことをとても後悔なさって、それで……」

「イシュトヴァーンが何故約束の真夜中のヤヌスの刻にこなかったのかはぼくにはわからないけど」

マリウスはひしとフロリーのかぼそい肩を抱きしめたまま、

「でも、きみ、そのままそこにいなくてよかったんじゃないの？　だってきみ、その一度だけで、妊娠してしまったんだろう？　もしもそこにいてさ、だんだんお腹が大きくなってきて、それでことの真相をアムネリスにかぎつけられでもしたひには、それこそ……失踪するだけではすまなかったんじゃないの？」

「あ……」

びくっと、フロリーのからだがこわばった。

「ぼくはアムネリス大公というひとは全然面識もなにもないけれどさ、しばらくトーラスで暮らしていたあいだに、いろいろうわさをきいたことがあるよ。——それはきれいで、絶世の美女だけれど、とにかく公女将軍と呼ばれるくらいとてもとてもきつい性格の、男まさりの女性だったそうじゃない？　こんなたよりない、かよわくてはかなげなきみが、そんな女大公で女将軍で——なんていうきついひとにとうてい立ち向かえるとは思えないしさ」

「おお、アムネリスさまにわたくしが立ち向かうなんて」

仰天してフロリーは云った。そして思わずマリウスにすがりついた。

「そんなことは……想像さえつきません。いつだってアムネリスさまはそれはそれは雄雄しくて、凛々しくて……格好よくて……」

「きみよりずいぶん大柄だったんだろう、悪いけど？」

マリウスは笑い出した。

「それに女だてらに騎士団をひきいて遠征の将軍をやるくらいなんだから、武術だってたけていたし、馬にだって乗れたんだろう？　そうなんだろ？」

「ええ、あのかたは、たいていの男騎士など、自分が簡単にうちまかす、と豪語しておいでになりました。いつも剣術の稽古をかかさず――とてもおからだもしっかりしておいでになりましたわ。でもすばらしいおすがたをしておられたんですのよ。ゆたかな胸と、ひきしまった細腰と、そしてすらりとのびたみごとなおみあしと――本当におきれいな、豪華で金色のアムネリアのようなお姫様でしたの」

「やっぱり、でかくてきつい美女ってわけだ。――やれやれ、ぼくの苦手なタイプばっかりだな」

ひそかにマリウスはつぶやいた。

「いや、うちの奥さんが苦手ってわけじゃないけど。でも……」

「マリウスさまの奥様も、アムネリスさまみたいに大柄でいらっしゃるんですか？」

ちょっと興味をひかれて、フロリーがきいた。マリウスは唸った。

「うん、実はね、あまりずっと認めたくなかったんだけど――君には教えてあげる。実はうちの奥さんは、とても美人なんだけど――ぼくよりずっと大きいんだ！」

「ま……」

「まあたしかに、ぼくは男としちゃ、とても背の高いほうってわけじゃない。まあねえ、きみをこうやって抱きしめてると、なんかとても男らしい気分になれるよ、きみがあんまり小さいんだもの。小さくて細くて、とけてしまいそうだ。なんて可憐なんだろうって思うよ——しかもね、うちの奥さんは——内証だけど、ぼくより十スコーンも、重いんだよ！」

「まあっ」

「おまけに武術の達人ときているし。なにせ彼女の職業は傭兵だったものでね。女傭兵だよ、信じられる？　だものだから、彼女は、ぼくと結婚することになったとき、寝室に愛するひとを腕に抱きかかえて入るのは自分のほうだ、と主張して、一回本当にぼくを抱き上げそうになったので、ぼくはやめてくれと大騒ぎしたよ。だって本当に、彼女はかるがるとぼくを抱き上げようとしたんだもの——ぼくは彼女をとうてい抱き上げきれなくて、落としてしまいそうだったというのにさ！」

「まあ……」

フロリーは思わずくすくす笑い出した。まだその頬は涙に濡れていたが、マリウスはその頬を指の背でそっとぬぐった。

「よかった、笑ったね。ぼくがなんか、君のいやな、いちばん辛い思い出を呼び覚ましてしまったのかと心配していたよ——ぼくは、きみを幸せにしてあげたいなと——きみの笑い顔がみたいなと思っただけだったのにさ。——うん、やっぱりきみの笑顔はとてもすてきだ。なんだか本当にぼくを幸せな気分にしてくれる——あれ、どうしたの。なんでこんどはまた泣くの？」

「お願いです。マリウスさま、もうおやめ下さい」

フロリーはおそろしくひっそりと、しょんぼりとして云った。

「もう、そんな――やさしい、甘いおことばをフロリーにかけるのはおやめになって下さいませ。フロリーは……いまもう何もかも申し上げましたわ。アムネリスさまにおたわむれで可愛がっていただいたのと――イシュトヴァーンさまがほんの気まぐれか……あの苦しんでおられたときの気晴らしでお奪いになられた、あのひとたび以外は、本当に、恋をしたことも、そんなに優しくされたこともないんです。……そんなにお優しいことばをかけられたら――マリウスさまたちがまた旅に出られたあと、この湖水のほとりでひっそり暮らして、何ひとつおこらないままにどんどん年老いてゆくこの身が、あまりにも――あまりにもみじめで、悲しくて、耐えきれなくなってしまいます。どうか、お願いです。――もう、そんな、わたくしのきいたこともないような、おやさしいことをおっしゃるのはやめて……」

「フロリー……君って……」

さすがにマリウスは少しあきれて、まじまじとフロリーを見つめた。

「君って、本当に、どうしてそんなに引っ込み思案というか……そんなに自信がないの？　こんなに可愛いのに……第一、これからゆく村のおじさんたちだって、これだけ可愛くて何でもできれば、きみにだって、それで親切にしてくれたんじゃないの？　村の男たちに言い寄られたり、ひとりで君の家にきて君にけしからぬことをしようとしたりしたものはいないの？」

「そんなひとはひとりもいませんでした。みんな本当にいいかたばかりでしたもの」

驚いたようにフロリーはいった。

「最初に村長のヒントンさんがあまり親切にしてくださるので、奥さまのニナさんがやきもちをやかれて——追い出されかけたお話はいたしましたよね？　でも、それだって、わたくし、ヒントンさんはただ親切にしてくださろうとしていたんだと思います。だって、ヒントンさんって、もう七十歳ちかいお年寄りなんですのよ！」

「男なんて、七十だろうが、八十だろうが——三百歳だろうが、男であるかぎりは好色なもんだよ」

マリウスはそっとつぶやいた。

「だけどまあ、きみがそう思うんだったら、それをわざわざぶちこわす気はぼくにはないよ。そんなひどいやつじゃないからね。——でも、とにかく、君はもっと自分に自信を持たなくちゃいけない。たとえスーティがいるといっても、君はまだ若く、可愛くて、きれいなんだよ。いまなら絶対に君のことを愛してくれる男はいくらでもいる。現にこのぼくが、こうやって一夜君の家で過ごしただけでもうこんなに君を好きになっている。

――ねえ、フロリー、またキスしていい？」

「……」

明らかに、フロリーは動揺していた。そして、何も答えずにまた両手に顔を埋めてしまったが、それを無言の承諾とみて、マリウスはそっとフロリーを抱き寄せ、その両手をどけさせ、真っ赤になって目をとじたままの小さな顔を両手でかこんで、優しくこんどはかなり濃密なキスをした。フロリーはさからわなかった。もう、倒れてしまいそうだったのだ。

「ああ……」

フロリーの唇から、深い吐息がもれるのを、マリウスはかなり満足してきいた。もう、この獲物もまた、いともたやすく自分の手のなかに落ちてくることが、はっきりと感じ取れたのだ。

「……ちょっとだけ、君の胸にキスしたい」

マリウスはささやいた。フロリーはまたしても真っ赤になって首を烈しく横に振った。

「なんで、だめなの？」

「だって……だって、私――私、とても……そのう……小さいんです……胸……」

「そうなんだ」

「スーティを生んで……お乳をあげているあいだだけ……ちょっとは大きくなりました

けれど……いつもいつも……アムネリスさまが――お前のお乳は本当に小さいのねえ、フロリー……私の半分もないのねえ、って……本当にてのひらのくぼみでおさえられてしまうのねえ、これなら、乳あてをする必要もないねえ、ってお笑いになるので……わたくし、悲しくって……アムネリスさまは、それはそれはみごとな……本当にかたちのいい、それこそわたくしの何倍も盛り上がった、すばらしくきれいなお胸をされていたんですから……」

「女のひとの魅力はお乳の大きさなんかじゃないよ」

マリウスは断言した。そして、そっと、フロリーの服のえりもとをゆるめはじめた。フロリーは「あ、あ、あ」と世にもあわれな声でうめいて、マリウスの手を防ごうとしたが、マリウスはかるくフロリーの手をおさえつけて許さなかった。

「それにぼくは、お乳の小さい女のひとのほうが好き――大きくてきれいな立派なお乳も好きだけど、きみみたいなかわいいちっちゃいのも――ああ、うん、そんなにいうほどないわけじゃないじゃないか。ちゃんと一応、それふうのものはあるよ」

「ま、ひどい……ひどいことをおっしゃる……」

「どうして。これよりもっと全然胸のない女のひととだって、したことがあるよ。……大丈夫、それにちゃんと乳首は可愛いバラ色だから……ちょっとここにキスしていいかな。スーティに怒られちゃうかな」

「ああ、お願い……やめて下さい、そんな……そんないやらしいこと……」

「どうしていやらしいの？　とてもすてきなことじゃない？　男と女が愛し合って、そうしてからだをひとつに結びたいと思うのって」

「いえ、だめです。わたくしは――わたくしはミロク教徒なんですから……」

「でも、結婚しているわけじゃないんだろう？　それにミロク教徒といったって、ミロク教の尼さんなわけでもなんでもないんだし――ねえ、こんなにきれいな白い肌とかわいいちっちゃなおっぱいと、それにキスしたくなるようなからだをしてるのに、この若さでもうあたしの人生は余生だなんてとってもいけないことだよ。――ね、そう思わない？　フロリー――可愛いフロリー」

「ああ……駄目です……ああ、いけません……」

口では拒否を繰り返していたが、ほとんどもうフロリーの声はうわごとに近くなっていた。その目はうるみ、唇は茫然と開かれ、洩れる吐息もきれぎれだった。マリウスはころはよしと判断した。

「好きだよ、フロリー。――決して、ぼくは君を捨てたりしないからね」

優しく囁きながら、そっと黒いごわごわしたスカートのすそをまくりあげる。

「ぼくはまた行ってしまうかも知れないけど――必ずまた戻ってくる。そうして、何ヶ月かにいっぺん戻ってきて、君をそのたびに愛してあげる。それは約束できるよ――それを受け入れてくれれば、君はぼくにとっては一番ふさわしいひとだ。女たちはいつでもぼくがいってしまうといって怒る——それでいて、ぼくがそこにとどまっていると、いつでも喧嘩ばかりふっかけてくるんだ。……君はそういう女じゃあない。もしかしたら、君がぼくの理想の女かもしれない。ぼくのマリニア——ぼくの、小さな、可愛いマリニア……」

囁きながら、いまやまさに、マリウスが目的のものに到達せんとした、その瞬間。まるで、その声にうたれたかのように、フロリーは悲鳴をあげた。

「駄目です」

いきなり、フロリーは激しくマリウスを突き飛ばした。フロリーの力であるから大したことはなかったものの、マリウスはいささか不安定な態勢で下半身の衣類を脱ぎながらフロリーにのしかかろうとしている最中だったので、不体裁にもものの見事にうしろにはねとばされてしまった。

「駄目です、いけません。——マリニアちゃんが可愛想じゃありませんか！」

フロリーは悲鳴のような声をあげた。

「私だって——私だってスーティに顔向けが出来ない。わたくしはスーティの母で、あなたはマリニアちゃんのお父さまなんですのよ！　ミロクさまは決してそんなこと——お許しになりません！」

2

当然のことながら——

そのあと、身繕いをして小舟に戻り、予定より相当遅れてガウシュの村にむかって漕ぎよせようとする、残り半分の道中はいささかならず気まずいものになった。

フロリーは、しかし、逆に、自分がマリウスを拒んだり、まして突き飛ばすなどというはしたない行動に出たことで、すっかりしょげてしまっているようであった。マリウスのほうはマリウスで、みっともないかっこうでひっくりかえって茫然とフロリーを見上げることになったことでかなり凄腕の色事師のプライドは傷ついていたけれども、見かけほど実は怒っているわけでも、気を悪くしているわけでもなかった。むしろ、マリウスはそれこそ、数知れずこのような状況にあってきたので、このような拒否というのはその次にはたいてい、甘やかな降伏の前段階である、しかもその拒否があった場合には降伏はさらに徹底的な、全面降伏になるだろう、ということが、よくよくわかっていたからである。

（あそこで、マリニアの名前を出したのはまずかったけど……）

むっつりと舟をこぎながら、内心マリウスが思っていたのは、そんな不埒なことであった。

（でも、あそこで強引にものにしちゃうより——それだときっとすぐにあとでくよくよされるだろうからな。……もうちょっとむくれておいて、あっちからあやまらせれば必ずこの娘はぼくにもう首ったけになっちゃうだろう。——そうしたら、グインをときふせてしばらくこのあたりに逗留しているようにさせて、それでまた何回かこの対岸の村までこうやって舟をこぎ出せさえすれば——もうこの娘はぼくのものさ。………なあに、簡単、簡単。ミロク教徒だといったって、恋には勝てないのが当たり前だもの。それに、ちょうどいいことにあのやんちゃ小僧がグインにすっかりなついてくれたら、毎回、グインにあの子を見てもらって舟を出すのが慣例になるだろうし。そうしたら、毎回、あの小島がぼくたちの愛の巣ってわけだ。……悪くないな、でも、この娘は本当に、これまでのぼくの愛人たちとはまるっきり違う。この娘なら、ぼくが本当に一年に一回くらいこのあたりに戻ってきて、そのたびに彼女を抱いて愛をたしかめあうような関係でも、きっと、それでいい、といってくれるだろう。——じっさい、最初はイシュトヴァーンの抱いた女なんかいやなことだと思ったけど——ましてイシュトヴァーンの子どもを生んだ女なんて……でも、この娘はなかなかいかしてる。やっぱり、あれだけ気の強い女房とあれこれあったあとだと、こういう野の花みたいな清楚なマリニアもいいもんだ――おっと、マリニアは禁句なんだっけ。くそ、やっぱりあの子にはもっと違う名前をつけておけばよかったのかな)

そんな虫のいい考えをマリウスがめぐらしている、などとはまったく知るすべもなく、フロリーはすっかりしょんぼりして、しょげかえっていた。そしてうつむいたまま、ときたまひっそりと涙ぐんでその涙を拭いたりしていたが、対岸が見えてくると、たまりかねたように、小さな声でいった。

「マリウスさま……あの、申し訳……申し訳ありませんでした……」

「え」

それはマリウスの思っていたとおりの――また、思うつぼでもある反応であったが、すっかり、この内気でおとなしい娘を自分のとりこにすることに夢中になっていたマリウスは、わざと難しい顔でフロリーを見た。それをみて、いっそうフロリーは小さくなった。

「わたくし……本当にあの……つまらない女で……本当に、申し訳ございません……わたくし……お気をわるくさせてしまって……」

「気なんか、悪くしちゃいないけど」

ぶっすりとマリウスは云った。そしてちろりと横目でフロリーを見た。フロリーは悲しそうに胸もとのミロクのペンダントをまさぐっていた。

「わたくし……わたくしのからだなんか、そんなに本当にもったいぶるような値打ちなんかないものじゃないか、って思うんです……ミロクさまの教えを守るといったところで……どうせもう、汚れてしまっているんですし——だったら、こんなからだでも欲しがって下さるかたがいるんだったら、好きなようにしていただいたらいいじゃないかって思うんですけれど……そうやって、そういうふうに——そういう生き方に飛び込むだけの勇気もなくて——駄目ですね、わたくし、いつも本当になさけないいくじなしなんですわ」

「ぼくが思うのはね……」

マリウスは真面目な顔を作って云った。

「きみの最大の問題は、いくじのないところじゃなくて、その、自分に自信をもてないところだよ。どうしてなんだかぼくにはわからない。いったいどうして、きみがそんなにいつもうじうじして、やたらに謙遜して、自己卑下ばかりしているんだかわからないよ。きみからみたらぼくなんて、とんでもない自慢こきの、とてつもないうぬぼれやに見えるんじゃないの？」

「とんでもない。だってマリウスさまには、それだけの理由がおありなんですもの。こんなにおきれいだし、こんなにお歌もすばらしいし……」

「だったらきみだって、こんなに可愛いんだし、料理だって裁縫だってなんだってうまいじゃないか」

「そんな、わたくしはちっともかわいくなんかございませんし、料理も裁縫もべつだん、ひとさまに誇れるようなものではございませんもの……ごくごくありふれた、田舎料理で……」

「ぼくが思うにね、きみはまず、その自分自身についてのつまらない謙遜と過小評価を徹底的になくしてしまわなくちゃだめだね。もちろん、それが、きみのいいところでもあるんだとは思うけれどね」

マリウスは本気で少し苛々してきて云った。そうして、大人しい物静かな、ひかえめな女というものもこれでなかなか手間がかかるものなのだな、と思わないわけにはゆかなかった。どちらにせよ、そういう謙遜だの自己卑下だの過小評価だのというものくらい、マリウスから遠いものはなかった――もっとも、もともと、そういうものとまるきり縁のないように生まれついた、というわけではなかった。もともとは、マリウス自身も、自分の出生が庶腹であることや、なによりも、何でも出来る、ひとなみはずれてすぐれた資質に恵まれた兄とことあるごとに比較されることに、とても傷つき、（どうせぼくなんか……）というような暗い考えばかり持っていた少年であったのだ。むしろ、もともとそういう劣等感にずっとくるしめられていて、そこから自分で脱出し、「アルド・ナリス王子の不出来な弟アル・ディーン」であることをやめて、「自由気ままで好色で元気いっぱいの吟遊詩人マリウス」に変身したときから、かれはいっさいの過去をふりすてたつもりであった。

だから、もしかしたら、いつまでもくよくよと過去のその《罪》と自分のとるにたらなさにこだわってやまぬフロリーに、マリウスの感じた苛々というのは、「過去の自分自身を見る」——ようなもどかしさであったのかもしれない。

「わたくし……わたくしに、いいところなんか……あるんでしょうか……」

「だから、それがいけないんだってば。——おお、これがガウシュの村か、けっこう、思っていたより大きいじゃないの」

マリウスはもの珍しそうに見回しながらいった。

小さいとはいえ一応それなりにひろがっている雨が池のむこうに、木々に埋もれるようにしていくつかの屋根屋根が見えかくれしていた。それはおおむねはごく小さい、フロリーの小屋と似たり寄ったりのものだったが、なかにはいくつかかなり大きい、二階建てらしいものもあったし、また、その湖畔の小さな集落は、マリウスが思っていたように、二、三軒の自由開拓民の家がよりそいあって建っているだけのようなものではなくて、一応十軒以上の家がそのあたりにみえる、ちゃんと集落といっても恥ずかしくないようなものであった。

「この村のひとたちは主として狩猟と、それに小さな畑をたがやし、それに雨が池であまり多くはありませんが魚をとったりして暮らしをたてているんです」

フロリーが説明した。マリウスは小舟を、小さいがしっかりとした丸木で作られてある船つき場につけると、もやい綱をまきつけ、また身軽に飛び上がって、親切にフロリーに手をさしだした。フロリーがおずおずとマリウスの手にすがりながら、申し訳なさそうな顔をする。マリウスはフロリーが陸にあがると、もう一度小舟に戻り、ひょいひょいと荷物をフロリーに手渡して陸揚げしてやった。

「どうして、マリウスさまは、そんなに優しくして下さいますの……」

フロリーはまたしても涙ぐみそうであった。

「どうして、あんなにばかなことをして怒らせてしまったフロリーに、そんなにお優しくして下さいますの……？」

「怒らせてなんかいないよ、ばかだな」

マリウスはそろそろしおどきかと見て、ころりと態度をかえて陽気なチャーミングな笑顔を見せた。

「ぼくがちょっと急ぎすぎて、純情でおくてなきみをびっくりさせてしまったんだ。だけど、信じてほしいな。ぼくは本当にきみが好きだよ、可愛い小さなフロリー。そして、好きだから、欲しいと思うんだ。それはちっとも恥ずかしいことでも、いけないことでも——不道徳なことでもなんでもないよ」

「……」

「もしも、好きになった、何の束縛もうけてない男女がたがいにひきあい、求めあうことを、許さないような神様だったら、そんなけちな神様なんか捨ててしまいなよ。この世界には、もっとずっと寛大でやさしい、正しい神様がいらっしゃるんだよ——サリアの女神という、ね。——ぼくはカルラアのとても忠実な信徒であり、使徒でもあると思うけれど、そのカルラアの次にはサリアの神殿にはべりたいと思うね。さあ、行こうよ」

「……」

フロリーははかばかしく返事をしなかった。しかし、自分を見つめるフロリーのうるんだような目をみて、マリウスは、自分の放っているトートの愛の矢が、いちいち的確にフロリーの小さなかよわい心臓を射抜いているようだ、と確かめて満足だったのであった。

かれらは、助け合いながら、ガウシュの村に通じる細いゆるやかな坂道を下っていった。ガウシュの村から船つき場まではほんの数百タッドほどであったが、密生した木々のおかげで、村はいくつかの屋根以外、池からはすっかり隠されていた。坂を下ってゆくと、ふいにあたりに思いがけないほどだいらな、よく開墾された田園風景がひらけ、マリウスをちょっとびっくりさせた。といってもそれはごくごく狭いもので、まわりはまた、深い山々についたてのように囲まれているには違いなかったが、それはしかし、きれいな、なかなか手入れのよくゆきとどいたトウモロコシ畑や、果樹園らしいもの、そしてガティ麦の、まもなく早い取り入れ期を迎えようという畑などで、そのあいだにもまばらに林があり、こんもりとした森もあり、そのあいだに、何軒かづつ身をよせあって、小さな家、大きな家が建っていた。

「ガウシュの村には、ぜんぶで確か十五の家族が暮らしているんです」

フロリーは説明した。

「そのうち六軒は親戚で——あとから分家したおうちもあります。あとのおうちもみんな、村長のヒントンさんを慕ったり頼ったりして、いっしょに自由開拓を申請してモンゴールからここへやってきた、だいたいオーダインやカダインの農民のひとたちばかりだそうです。——そのあたりでは、三男や四男以下のひとたちには、わけてあげる土地がないので、もとでをあげて、自由開拓民になることをすすめる家が多いのだそうで……ここのひとたちも、オーダインのオーガスという村からやってきたヒントンさんとその親戚の人たちと、カダイン出身のレインさんという一家が中心になっています。このあたりは、自由国境地帯ではなくて厳密にいうとモンゴールの領内なんです。ぎりぎりでモンゴールで、もう本当にほんの数モータッドゆけばユラニアに入ってしまうというあたりで——一番近いのはルファの砦、カダインへはもうちょっと下りますが、一番近い繁華な町といったらカダインになるのだそうです。……もうちょっと南西へ街道を下ってゆくと、ボルボロスの砦になるのですけれど。——でも、このガウシュは、ちょうど丘陵地帯と山岳地帯のはざまのようになっているところにあるので、旧街道がさびれたあとは、めったに旅人も通らず、とても静かで——ルファからもボルボロスからも年貢をおさめろという役人は何年にもわたってきていません。それをいいことに、ガウシュのひとたちは、なかなか裕福な生活を送っていますが、それでも自分たちはれっきとしたモンゴール国民だとは思っているんですよ。もっともヒントンさんが知っているモンゴールといったら、まだヴラド大公様がおさめていらしたころのものだけですけれど」

フロリーはマリウスの笑顔にかなりはげまされて元気が出たように、自分もおぼつかなげな微笑をみせて説明した。マリウスは興味深くきいていた。このあたりの地形や情勢については、マリウスとしてはおおいにきいておかなくてはいけなかったのだ。

かれらはまず、その村長のヒントンの家を訪れて案内をこうた。それはその小さな集落のなかでももっとも大きな、二階建ての、うまやも納屋もそなえた農家で、うまやにも三頭のどっしりした農耕馬もいた。出てきたヒントン村長はもう七十近い老人で、フロリーをみると目を細めて笑顔をみせたが、マリウスに気付くとけげんな顔をした。

「長さま、このかたは、きのうの雨の日にひょっこりやってこられた吟遊詩人のかたなんですけれど、それはそれはお歌がお上手で、お話もたくみなんですのよ。あまりいいお歌なので、わたくしひとりで聞いているのはもったいないし、このかたも連れていってくれとお頼みになるので、ガウシュの村のみなさまにもきいていただきたいと思ってお連れいたしました」

「おお、吟遊詩人、なるほど、三角の帽子をかぶっておいでになる」

それをきくと、白いひげをはやしたヒントン老人は納得してうなづいた。

「この村に吟遊詩人がやってくるなど何年ぶりのことかな。この前はいったいいつだったろう」

「吟遊詩人のマリウスと申します」

マリウスは、ひとをそらさぬ笑顔をうかべ、ヒントン老のうしろから出てきた、同じくらい年をとって、かなりでっぷりとした、こわい顔の、いかにも苦労している自由開拓民の老女らしい、だがこざっぱりとした身なりの老婆にほほえみかけた。

「こちらの村でしばしとどまり、商売をすることをお許し下さればこんな嬉しいことはありません。これが吟遊詩人の鑑札です。よくごらん下さい」

「なるほど、正式のものだ」

ヒントンはうなづいて鑑札をマリウスにかえした。

「では、さっそく、皆にふれをまわしてあげよう。だが、きょうはもうみな働きに出ている。野良から帰ってこいとは長のわしにも云えぬでな。とりあえずは、わしらに歌をきかせてもらって、今夜はこの家にでも泊まり、夜になったら帰ってきた村のみなに歌をきかせてやってもらうということでいいかな。——それまではじゃあ、わしに中原の情勢について、いろいろ面白い話をきかせてほしいものだな」

「それはもう願ってもないお話でございます。ただ、ローラさんのお宅に小さな坊やを、ぼくの連れがお預かりしていますので、出来ましたらきょうは小手調べのごあいさつということで長さまご一家や手のすいたかたたちに歌をきいていただき、お話をさせていただいて、いったん湖水のむこうにもどり、明日また早くにやってくる、ということではいかがでしょうか」

「それじゃ、あんたはいま、ローラさんのうちに滞在していなさるのか」

ヒントンの目が白い長い眉毛の下で少し光った。うしろからヒントン夫人がつけつけと口を出した。

「まあま、いかに父なし子をかかえているやもめだとはいえ、まだ若い娘でひとり身のあんたが、素性の知れない吟遊詩人を泊めるなんて、よくないことだよ。その詩人さんはうちに泊まってもらったほうがいいよ」

「あ……はい……」

フロリーは口ごもるばかりで、何も言い返せない。

「いや、ぼくひとりではございませんで、ぼくの連れもおりますから――決して、ローラさんのご名誉に傷のつくようなおそれはございませんよ。なにしろローラさんの坊やがとても可愛いので、連れがすっかり喜んでしまいまして――とても子ども好きだものですから。いまも湖水のむこうで、坊やのお守りをしながら留守番をしているので、どちらにしても一度戻らないといけないんですが。荷物も置きっぱなしですし」

「まあ、好きなようにしたらいいが、それじゃあ、とにかく用意をして、歌ってもらうかね」

ヒントンはまだなんとなくじろじろとマリウスとフロリーを見比べながら云った。

「それに、また何かいろいろ持ってきてくれたのじゃろ。それなら、また村のものたちに、この家に集まってもらって、ローラさんの砂糖菓子やレースの飾り襟がきたよ、といって売り立てをさせてやらなくてはな。なにせローラさんの作ってくるものは、みんなとても評判がいいからの」

「そうだわ、頼んでおいたよそゆきの前掛けのレースのふちかがりは出来上がったのかしら」

ヒントン夫人が金切り声をあげた。フロリーはにっこりしてうなづいた。

「とてもきれいに仕上がりましたの。きっとお気にめしていただけると思います。これですわ」

フロリーが布をかけた籠のなかから一枚の頑丈そうな木綿の花柄の前掛けを取り出すと、ヒントン夫人は嬉しそうにそれを受け取った。

「おお、藤色のふちかがりなんて、なかなか思いつかないけど、きれいにできていること。おお、これならこの前掛けをかけたまんまでお客の前にでも出られるし、教会にだってゆける。これは素晴しい出来だわね。ほんとにあんたは仕事が速いし、手がきれいだわ、ローラ」

「有難う御座います」

「あら、そっちにあるのは何なの。新しいブラウスみたいだね」

「せんだって、もう着ないからとおっしゃって、レインの上のお嬢様が下さったブラウスがありましたので——わたくしにはちょっと大きかったものですから、ちょっとあちこち、ししゅうをしたりして、よそゆきにならないかしらとやってみましたの」

「あら、まあ、これはとても綺麗じゃないの」

ヒントン夫人はいそいそとそのブラウスを手にとった。

「そういえばこれ、確かにこのえりのかたちや材質は、あそこのモナが着ていたのを見たことがあったよ。これはわざわざカダインで——レインさんがカダインに作物を売りにいったときに買ってきたものだったんだね。しばらくモナがずいぶん自慢にしていたけど、あの娘《こ》ってばこの一年で倍くらいに太っちまったからね。しかももともと、決してやせっぽちだったというわけじゃないのにさ。そりゃ、あの娘のブラウスがあんたみたいなやせっぽちのちび娘に着られるわけはないよ。三人くらい入ってしまいそうじゃないの。――それにしてもモナの太りようったらすごいよね。――おお、でもきれいに刺繍できてる上に、えりと袖口にもレースかざりをつけたのね。これなら教会の催しにだって着てゆかれる。これは、いくらで売るんだい、ローラ。半ターランくらいとるつもり？」

「まあ、そんな、とんでもありません。もともといただきものですし、いつもいつもヒントンさまにはお世話になっているんですから……四分の一ターランいただければ充分です」

「いまどきその値段じゃあ、カダインだったらこの片袖だって買えやしないよ――いただくわよ、もちろん」

嬉しそうに怖い顔をほころばせて老夫人は云った。そして、急に上機嫌になり、愛想がよくなった。

「ほんとにきれいだこと。これはいいものだねえ。あたしもまたいらなくなったのを出しておいて、ローラにきれいにしてもらおう。――ほんとにあんたはいい仕立て屋だわよ。便利だし、安いし、仕事は手早いし。……あら、こっちのそのつぼは何なの、ああ、またカンの実だね。あら今度はこれはシロップづけなの？」

「ええ、ちょっとようすをかえてみました。このシロップを水か、山の炭酸水で割れば、おいしいジュースになりますので……そのあとで、カンの実のほうは、こまかくきざんでゼリーに固めてもいいですし、もちろんこのままも召し上がれますし、お料理に使っても——お菓子作りにもいいと思います」

「これはいつも重宝してるのよ。いくら」

「あの、十ターで……」

値段をいうたびにフロリーはひどく口ごもり、マリウスが考えてもべらぼうに安いと思うのに、そんなにとっては申し訳ないと言いたげであった。

「二つもらうわよ。そっちのはいつもの砂糖づけね。それも頂戴。こんど教会の売り立てがあるんだから。……ほかにはないのかい、ローラ」

「このところちょっとカンの実が不作でしたので……こっちは、前に一度おもちした、ラブアの若い葉の甘辛煮と、それからポンの実の酢漬けですわ。縫いものはあとはあんまりないんです。ちょっとアシの葉で帽子を編んでみましたけれどあんまりいいものじゃなくて」

「みんな貰うよ。あんたの持ってくるものはなんでもかんでも」

勇ましくヒントトン夫人は宣言した。

「もう、全部ひっくるめて四分の三ターラン出してあげるからそのかごごとおいてゆきなさい。――さあ、これで決まったね。じゃあとりあえず、歌を聴かせて貰う前に台所にいきなさいよ。お昼を出してあげるよ――まだ食べていないんだろう？　あんたが作るよりはおいしくないかもしれないけど、堅焼きパンと魚のシチューがあるからね。そのあとで歌をきかせて、話をきかせて頂戴。あんたもそれでいいんでしょう、おとっつぁん」

3

　というわけで――

　かれらはヒントン村長のひなびた、だがそれなりにきれいにしてある農家の台所によばれて、昼食にありついたのだったが――

「ねえ、フロリー、さっきからあのおばさんがいってる教会って、何なの？」

ひそひそと、老夫人が鶏小屋に卵をとりにいっているあいだに、マリウスはきいた。

その返事は、マリウスをかなりびっくりさせるものであった。

「ミロクさまの教会ですわ。ここは、ミロク教徒ばかりの集落なんですのよ」

「ああー。そ、そうだったんだ……」

　その答えをきいて、いささかマリウスはがっくりした。ミロク教徒があいてでは、お得意の、男女とわず欲しがってくれるあいてに一夜の快楽を売る、という商売は不可能である。

　だが、同時にその答えは、数々の、マリウスがうっすら感じていた疑問をときあかしてくれた。

「ああ、そうなんだ……だから、きみ、安心してここに住み着いたんだね」

「そうなんです。これは……神様のお導きだと思いました。ミロクさまの……わたくしをそもそも、わたくしが身を投げたときに助けてくれたかたが、ミロク教徒だったんです、たまたまでしたけれど。それで、わたくしが、ミロクさまの教えに深く興味をひかれているんだけれど、まだ《儀式》は受けていないんだ、と告白しますと、その救い主のかたがわたくしを、ご存知のミロクの司祭さまのところへ連れていってくれて、それでわたくしに、《秘授の儀式》を授けてくださいましたの。それで、このペンダントを頂戴して……晴れてミロク教徒となって、そのかわり決して何があってももう、自殺などしないように、それは戒律にそむくことだからと教えさとされて――そうして、司祭さまが御自分の存じ寄りのミロク教徒のかたに手紙を書いて、カムイ湖畔のそのおうちに、わたくしを預けて下さったんです。――そして、そこでわたくし、しばらく暮らして――でも、ちょっとそこで気まずいことがあったものですから、産み月まであと三ヶ月くらいのときに、そこを出てきてしまったんです。……ちょっと、その――そこの奥様が、あまりいい顔をなさらなくなって……」

「やっぱり、妬かれて、追い出されたんだろう？　だから、ぼくがいうように……」

「いいえ、決してそんなんじゃないんです。皆様ミロク教徒ですもの、とてもいいかたばかりで――わたくしがいたらなかったので、お気にめさぬことがたくさんあって……でも、それでまた、じゃあいっそここのあたりと、それからこのへんにミロク教徒の村や小さい自由開拓民の集落で、集落ぐるみミロク教の信者のところがあるはずだから、そこにいって、同じ信者だからといって頼んでごらん、必ずおいてくれるから、とその……カムイ湖の近くでわたくしの面倒をみて下さっていたかたが云われましたの。それで、わたくし――そのおことばだけをあてにして、このあたりへまで旅してきて……そうして、この村にたどりついたんです」

「そうだったのか」

マリウスは嘆息した。

「ミロク教徒ね。――じゃあ、この小さな村にも教会があって、みんなそこで礼拝だの、いろいろして信仰深く暮らしているってわけだね。――司祭さまとかもいるわけなの?」

「いいえ、こんな小さな村ですもの。そんな、司祭さまなど、とても滞在しては下さいません。だいたい、集会をやるときには、ヒントンさんが、進行役として、司祭代理をなさるんです。――とても深くミロク教を信じておられる、とても徳の高いかたなんですよ。――そうして皆でミロクのみ教えをとなえ、戒律のお勉強をして……みなで、『ミロクのみ教えを守るべし。殺すべからず、盗むべからず、姦淫すべからず、自殺すべからず、いつわるべからず』……ほかにもありますけど、そうやって唱えて、そうですねえ、月に一回くらいでしょうか、集会をするんです。なんだかとても気持よくなりますわ。……そのときにはかかさずわたくしも、お菓子を焼いて集会に持ってきて、スーティともども集会に出していただくんです」

「こんな誰も知らない山あいに、そんなミロク教徒の村がひっそりと出来ていたなんてね！」

ちょっとマリウスはまた嘆息した。

「そういう村って、ぼくが知らないだけで、けっこう多いのかしらね？」

「決して少なくはないと思いますわ。ことにモンゴール南部からクム北東部あたりにかけては、この一、二年のあいだに――そもそもはこの十年くらい前がはじまりだったと聞いていますけれど、ミロク教徒が急増しているのです。そうして、ミロク教徒はまだあまり他の村人たちにいい顔をされませんから、結局自分たちだけで交際するようになり、やがてそれもだんだん居づらくなって、それなら自由開拓民となって自分たちだけの居心地のいい村を作ろう、ということになって出ていってしまうのだときいています。――モンゴール南部はことに、もともとはヤヌス教の教えが強いところですので……ヤヌス教徒はべつだんそんなにミロク教徒を目のかたきにして弾圧したりするわけではないんですけれど、逆にミロク教徒のほうが――とても戒律がきびしいものですから、いろいろと普通に生活していて、ミロク教に深く帰依してゆくにつれて、不便なことがいろいろ出てくるんです。朝早く起きてミロクさまに感謝の祈りを捧げなくてはいけないのに、遅くまで寝ている夫に文句をいわれたり。そもそもモンゴール南部はクムの影響をわりと受けているところで、文化にも、頽廃的なクム文化がずいぶんと入ってきていて、とても素朴なモンゴール北部とはずいぶん気風が違うと云われます。名物のヴァシャの収穫やガティ麦でお金も豊かですし。……それで、一番ぶつかるのは、質素に暮らして食の欲や性の欲を去らなくてはいけない、と説かれるミロクさまの禁欲の教えなのです」

「そりゃあ、まあ、とんでもない教えだという気はぼくもするけど」

マリウスはこっそりつぶやいた。

「だいいち、そんな村ばっかりだったら、ぼくの商売なんかあがったりになっちまう。誰もぼくを買ってくれる客なんかいやしない」

「でも、性の快楽をお金で売買するなど、もっともいやしい、認められぬことだ、人としての倫理にもとることだ、とミロクの教えでは教えられるのですわ。それよりも、禁欲的に身を律して、ミロクさまが降臨される未来の世に正しく清らかな人間として生まれかわることこそ、人間のもっとも幸福な道なのだと」

「いま、きみとミロク教徒のものの考えかたについて議論するのはよすよ」

いくぶん閉口しながらマリウスは云った。

「じゃあでもこの村の人たちは全員ミロク教徒なんだね？　なんでそれを先に教えてくれなかったの」

「わたくし……なんだか、もうずっとミロク教を信じている人たち以外のひととは会っていませんでしたので、世の中の人はみんなそうのような気がしていましたの」

フロリーは申し訳なさそうにいった。そのとき、そこに老夫人がかごにたくさん入れた卵を手にして戻ってきたので、その話はそれまでになった。

だが、ミロク教徒といえども、美しい歌声や音楽を愛し、また面白い話や情報をきくのをとても好む、というのは、まったくの本当だったので、しばらくたったのちには、マリウスはどこの村にいってどのような農民や漁民たちを客にしてもこれまでのおおむねそうなったとおり、とりあえずヒントン村長が声をかけて集まった、ひまな老人たちや老女たち十人ばかりが、ヒントン家の客間に座って、茶を飲みながらわくわくしているのを相手に、たくさん歌を歌ってきかせ、さんざんに喝采を浴び、歌や器量や声をほめちぎられてすっかりよい心持になってしまったのであった。どこにいっても、基本的にマリウスの歌とサーガが喝采をあびないこと、というのはなかったが、この村の人たちはフロリーのいうとおり、とても長いこと吟遊詩人が訪れることなどなく、ほとんど娯楽などというものなしで生きてきたということだったのだろう。かれらの喜びようは、いかなマリウスといえど、なかなかに「吟遊詩人で本当によかった」と感じるくらいであった。

それに、マリウスのくりひろげるさまざまな中原の物語も、かれらには非常な興味をよんだ。本当に長いことかれらは村の中だけで暮らしていたのだ。むろんあとからきけば、カダインに作物を売りにいったり、ルファの砦に商売をしにいったりするものもいたのだが、もともとかれらは口下手なごくふつうの農民たちで、そもそも情報を集めたりすることになどたけていなかった。

「それに、わしらはミロク教徒なのでなあ」

ヒントン村長は満足そうに茶をすすりながら云った。

「あまり、ここにわしらが住んでいることを知られたくないのだよ。だから、あまり、わしらのほうからいろいろなことを、砦の連中に聞いたりしたくなかったので、いつも用をすませるととっとと帰ってきてしまったのでな。それでも、そういうときに耳にしたことばのはしばしだけが、われわれにとっての新しい情報だったのじゃがねえ。なんと、そうか、ではモンゴールという国はもうないのか。それはゴーラの属国にされてしまったのか。それは大変なことじゃな」

「それでもいまは独立戦争をしているのかい。それなら、われわれはモンゴールの人間なんだし、やっぱりその独立戦争に味方すべきなんだろうかねえ」

「いや、われわれは敬虔なミロク教徒なんだから……」

マリウスのもたらした情報をもとにして、わいわいと論議が花開くのも、マリウスが日頃よく見知っている通りである。

が、その、マリウスにとっても村人たちにとっても楽しい午後は、ひとつだけ、思わぬ椿入者によって乱されることになった。

「村長」

マリウスが、もう一度と所望されて、またキタラを取り上げ、次は何を弾こうかと考えていたときであった。あわただしく、かけこんできたのは、まだ四十になるならずぐらいの頑丈な農夫であった。たぶん耕す仕事に出かけていたのだろう。野良着のままで、手にも足にも泥がついている。そもそも、この午後にのんびりと吟遊詩人の歌をききに集まれるのは、もう、隠居したような年寄りばかりだったのだ。

「なんだね、ナサエル、いつも文句をいってるだろうに、ひとのうちに入ってくるときにゃ、泥を落としてきとくれって」

相当うるさがたであるらしいヒントン老夫人ががみがみと文句をいったが、農夫のナサエルはそれどころではないようだった。

「大変なんです、村長。もうじきここに大勢の兵隊がやってきます」

「大勢の兵隊だって」

驚いてヒントン村長が云った。

「そりゃ、どういう兵隊だ」

「わからねえんで。ただ、わしがてめえのあの赤スギ林ぞいの畑を耕してたところ、いきなりさきぶれの兵隊らしいのがきて、こら農夫、近くに村はあるかっていうんで……わしはいつも村長があまりこの村のことはひとに知らせるなと云いなさるから、ためってたんだが、なんだか早く返事をしねえと切り倒されそうな勢いだったので……しょうがねえんで、まあ、ごくごく小さな、村ともいえねえようなのがございますが、といったら、そこは食い物は売ってくれるかときかれまして……そんなにたくさんはねえですよ、とお答えしたんですが、『よし、ではあとで立ち寄る』というばっかりで――わしと一緒にいたせがれをひっとらえて、本隊がくるのを待ってここまで案内させると云いなさるんで、わしはこのことを村長に知らせようと思ってあわてて戻ってきたんでございますよ」

「なんだって。この村に大勢の兵隊だと」

村長は渋紙色の顔を青くしながら、

「それはかなり無法な傭兵部隊とか、そういう連中だったようか？　もしそうだったら、わしらはどんな目にあうか知れたもんじゃないぞ。娘たちを隠し、すぐに金めのものを隠しておかねえと掠奪されるかもしれんぞ」

「あんた、どうしよう」

「どうしようったって、どうしようもあるか。この村にきてからこそ、もう三十年平和に暮らしてきたが、もともとカダインにいたころは、しょっちゅうそんな目にはあってたじゃあねえか。……よし、ナサエル、村のものたちに知らせを出せ。屈強の男——といってもそう大勢いるわけでもないが、すぐに戻らせて、ともかくなるべく、村を守れるようにしておいてもらわんとな」

村長は残念そうにマリウスを振り返った。

「そういうわけだからな、詩人さんや、せっかく楽しい午後を過ごしていたのに残念だが、あんたはすぐローラさんを連れて湖水をわたり、対岸の家に帰るがいい。ローラさんみたいな若くてきれいな娘っこがいたら、兵隊どもに見られたらどんな目にあわされるかわからんからな。あんただって、きれいだし若いから、ルブリウス好きの兵隊につかまったら大変だろう。ともかく、今日はうちに帰んなさい——かみさんや、詩人さんたちに、きょうのかせぎまではゆかねえだろうが、とりあえずのくいぶちや金を少し渡してやるがいい。残りは、ちゃんと数えておいて用意するから、なにごともなく無事にすんだら、また明日にでもとりにきて、そうしてもっと若い連中も明日は仕事を休んでひさびさにのんびりするよう、云ってやるから、またわしらに歌ってきかせてくれ。なんといっても、吟遊詩人がこの村にきたのは本当に五、六年ぶりくらいのことでな」

「わかりました」

マリウスは心配そうなフロリーにうなづきかけて、立ち上がった。

「じゃあ、とにかくきょうはこれで帰ります。どうもありがとう、なんだか大変のようだから、じゃあ、お金のほうは明日でもかまいませんよ」

「じゃあそうしてもらおうかねえ。この取り込みじゃあお金を取り出してるのもなかなか難儀だから」

ヒントン夫人が云った。

「それじゃともかく、ローラに卵と、それに用意しておいた肉だの魚だの、ガティ麦だのの袋をわたすから、それをもって大急ぎでお帰りよ。お金と、それにローラにつくろったりきれいにお飾りをつけてほしい古着はまた出しておくからね。明日にでも。ローラ、明日もまた来るだろうね」

「あ、はい、もちろん……でも、御心配ですわね」

「なあに、兵隊ってものは、うんと無法か、それともちゃんと統制とれてるか、ふたつにひとつだよ、ローラさんや」

フロリーのことがいたく気に入りらしいヒントン老人は云った。

「それより、あんたが見つかるほうが心配だ。さあ、早くゆきなさい」

だが、フロリーとマリウスが立ち上がろうとしたとたんだった。

中庭のほうでたかだかと馬のいななく声がきこえ、荒々しいひづめの音がきこえたのだ。

「わ」

別の老人が叫んで窓のところにかけよった。

「おお、大変だ。もう来おったかな」

「あ、いや、あれじゃない」

ナサエルが叫んだ。

「あれはおらが見た兵隊じゃないよ。別口だ」

「なんてこった」

ヒントン老人は叫んだ。

「こんな、何年も何もやってこないような山あいのかくれ里へ、突然そんなにどかどかと大勢の兵隊が、しかも何口もやってくるなんて、いったいどういうことなんだ。ミロクさま、お救い下さい」

「誰もおらんのか。この村は無人か。そうではあるまい」

庭のところで、荒々しい声が響いていた。

「あんた、どうしよう」

ヒントン夫人がおろおろと叫ぶ。ヒントンはさすがに村長らしいところをみせた。

「騒ぐんじゃねえ。いまわしが出てって話をしてみるから——まだ兵隊だからって無法者と決めつけるんじゃねえぞ。もしかしたら、ごく話のわかる連中だってこともねえじゃあないんだからな。せっかく話がわかる連中を、こちらの出ようひとつで怒らせちまわねえように、気を付けないとな」

「ローラ、あんたはいったほうがいいわよ」

老夫人が手をもみしぼりながら云う。

「じゃあすまないけど卵も肉もちょっとあとでいいかねえ。どうやらそれどころじゃなくなっちまったようだし」

「は、はい」

「大丈夫だよ」

マリウスは、小さくふるえをこらえているような不安そうなフロリーにそっとささやいた。

「本当にいざとなったら、ぼくが舟をこいでグインを呼んでくるから。あそこにグインがいるのを忘れちゃいけない。あの人ひとりさえいれば、そんなちんぴらの傭兵の百人や二百人いてもなんということもありゃしない」

「おお、なんてことでしょう」

フロリーはつぶやいたが、それ以上は騒ごうとはしなかった。

「さあ、ローラ、早くゆくのよ。詩人のマリウスさん、早くこの娘を連れてっとくれ」

「ええ……でも」

「どうしたの、ローラ」

「でもわたくし、皆さんが心配で」

「よけいな心配おしでない。一番心配なのはお前さんみたいな若い娘のはずだよ」

早口にささやきあっているあいだにも、

「どうした。誰か出てこい。出てこぬと戸を蹴破って家探しするぞ」

中庭のほうから叫ぶ声は荒々しさを増してくる。どうやらこの集落のなかでもっとも大きな家とみて、このヒントン家をめがけてきたのだろう。

「待って下され。いまあけます」

腹をきめて、ヒントン村長がよちよちと出ていった。老夫人と村の老人たちがあわてて窓にとりついた。マリウスは、フロリーを連れて逃げようとそっとその手をつかんだが、フロリーは首をふった。

「駄目です。いつもあんなにお世話になっている皆様なのに、わたくしひとり逃げ出すなんて。ちゃんと、皆様が無事かどうか見届けなくちゃ」

「おいおい、そんなことをいってるひまにきみが危なくなったらどうするんだ。ともかく、じゃあ、家の裏手にまわっていて。ぼくがいまちょっとようすを見てあげるよ」

フロリーを強くおしやっておいて、マリウスも窓にとりついた。

かなり広いヒントン家の中庭は、母屋とうまやと、そして家畜小屋と納屋に三方を囲まれている。何も石畳をしいたり、植木などの手入れもしていないが、そこに馬たちをはなして自由に草を食わせたり、鶏をはなしたりしているからだろう。地面はきれいにならされて、草もあまり残っていない。そこに、何も紋章も旗印もつけていない、傭兵ふうのよろいかぶとをつけた騎士たちが、五騎、馬を輪に歩かせて苛立たしげにたむろしていた。叫んでいるのは先頭の、隊長らしい一騎だ。

ヒントンが出ていって、頭をさげているのがかれらに見えた。

「何か御用でございますか。この村の長のヒントンでございます」

「この村はなんという村だ。どこの領内だ」

「ここはガウシュの村と申します。一応、モンゴール領に属しております」

「モンゴールか。ではきくが、少し前に、かなり大勢の部隊が、このあたりを通過するか、ここに泊まらなかったか」

「え」

ヒントンは驚いたようすだった。

「そのようなお客人はまったくございませぬ。きのうも、おとといも、この村は静かなままで」

「そんなことはあるまい。確かに旧街道を抜けてこちらへまわった、といって教えてくれるものがあったのだ。どうあれ、このあたりを通り過ぎているはずだぞ。たとえこの村で逗留していなくとも、抜けていってはいるだろう。その姿は見ているはずだ。われらはその部隊を探しているのだ」

「申し訳ございませぬ。まったくそのようなかたがたは、見ておりませぬ」

「まことか、長。隠すとためにならぬぞ」

「隠すなど、何条もちまして」

ヒントンが受け答えしているのを窓からききながら、マリウスは奇妙な思いにとらわれていた。

（おかしいな。――あのしゃべりかた、どうも……あのなりとそぐわない。なりは傭兵のようだが、あの口の利き方はもっとずっと、ちゃんとした軍隊に属する騎士のものだ。それに……もしかして、これが、あの、グインが見たといった五騎そのものかな……だったら、あのまま湖水のわきをかけぬけて、それからまたぐるりと戻ってきた、というようなことなのかな……その前にいった部隊というのを探しながら）

「本当だな」

隊長はきびしい口調で念を押した。

「誓って、まことでございます」

「………ならばしかたがない」

隊長は残念そうに、

「今度こそ追いついたと思ったのだが。よかろう、では皆、行くぞ。……もう一度街道に戻ってみよう。これほど近くにきたという情報を得ているのだ。必ずこのあたり五モータッド以内に《光団》はいるはずだ。必ず探し出すのだ」

「は！」

かれらは、誰も、馬から下りようとするそぶりさえも見せないままだった。そのまま、隊長が鞭をふりあげると、いっせいにほかのものも馬に拍車をあて、そのまま、

「行くぞ！」

という隊長の声もろとも、ヒントンの中庭を走り出てゆく。たいへんに統制のとれた動きであったし、当然、かなりしっかりと鍛えられた軍人たちであることが一目瞭然であった。混成の傭兵たちや、そのへんの野盗などではなくて、きっちりと訓練された職業軍人の動きだ。

「行った……」

ヒントンが、さいごの一騎が中庭を走り出て、そのさきの林のあいだの道にすがたを消すのを見届けてから、ほっとしたように叫んだ。

「大丈夫だ、いっちまった。——やれやれ、いったい何事なんだ。あの連中は、何だ」

「あんた、大丈夫なのかい」

「長、何も怪我はないかい」

「何もあの連中は手荒なことはしなかったよ」

ヒントンは窓のほうをふりかえって笑顔になった。

「ただ、なんかを探していたようだ。《光団》がどうとかいっておったなあ。いったい何のことだかさっぱりわからん」

「光団」

窓のこちら側でもけげんな顔を見合わせる。

「光団、光団。何かの盗賊かなんかだろうか?」

「あんた、きいたことあるかい」

「いや、ないなあ」

「もっともわしらは何も知らねえでなあ」

「まあともかく、あいつらはいっちまったから……さあ、ローラ、いまのうちに……」

ヒントン夫人が云った、まさにそのときであった。

いきなり、騎士たちが消えていったのと反対側の森かげから、かすかな誰かの悲鳴がきこえてきたのだ。

4

「きゃあ！」

　ヒントン夫人が蒼白になった。

「おお、なんだろう、あの悲鳴は。ただごとじゃない」

「なんてことだろう。なんていう日なんだろう、一日に三組も見知らぬ連中がこの静かなミロクの村にやってくるなんて」

「あんた、早く入っておいで——いっちゃ駄目だったら、あんた」

「いまの声はなんだ」

　さすがに長らしく、ヒントンはうろたえず、庭に仁王立ちになって叫び声のしたほうを凝視していた。

　こらえきれず、村人たちはどっと中庭へ走り出た。ヒントン夫人はとめようとしたが、誰もとどまっていたいものはいなかった。マリウスとフロリーもそれにまぎれて一緒に外にかけだした。かれらが中庭に飛び出したとき、

「やめてくれ。俺は何もしていねえ、助けてくれ」

もう一度悲鳴がきこえて、そして、いきなり、ひとりの若者が森かげから、突き飛ばされるようにしてヒントン家の中庭にころげこんだのだった。そのころまでには、まだヒントンの家に集まっていなかった老女や幼い子どもをつれた若い母なども、あちこちの家から顔をのぞかせ、なかにはあわてて戸締まりをするものもいたが、あわててこちらにやってこようとしているものもいた。

「あれは、トマスだ」

ナサエルが悲鳴をあげた。

「よしてくれ。うちのせがれが、何をしただ」

そしてかけだして、つきとばされて中庭にころげこんだ若者に駈け寄った。若者が顔をあげた。その顔の右半分は血で真っ赤に染まっていた。

「何をされたんだ。トマス」

「き、切りやがった。俺の耳を」

トマスが泣きわめいた。

「おらは何もしちゃいねえ。ただ、ここまで案内して、村長のうちはどれだというから、ここまで連れてきただけなのに、その口のききようは何だといっていきなり、あいつが」

片耳をおさえたまま、トマスが指さした。その指のさきに、森かげから、のっそりとあらわれた、奇妙な騎士のすがたがあった。そして、そのうしろにつきしたがう、かれら農民たちには《無数》とさえいいたいほどの人数にみえたおびただしい騎士達のすがたも。

それこそまさに、マリウスたちが街道で見た、あのあやしい、風のようにかけぬけていった数百人の騎士団そのものだった。それぞれに首に赤い布きれをまき、思い思いのよろいかぶとをつけている。先頭にたつ一騎の漆黒のマントとその上にひるがえる真っ赤な長い布、そして銀色の無表情な、のっぺらぼうな、完全に顔をおおいかくしているかぶとがひどく不気味なコントラストをなしていた。

「俺の質問に言葉を返すな。農夫」

くぐもった、妙に反響するような感じでひびく声が、その仮面の騎士の口から発せられた。

「云われたことにさえ答えればよい。さもなくば耳だけではすまぬぞ」

「ひでえよ、こんな」

トマスは泣きわめいた。

「俺が何をしたってんだ。俺が……」

「この村は我々《光団》を数日間かくまって逗留させるだけの食物はあるのかと聞いて

いる。なぜ答えぬ」

また奇妙な反響する声が云った。ヒントンはあわてて勇気をふるって進み出た。

「この村の長のヒントンでございます。この者が何か不調法をいたしましたならお詫びいたしますが、突然のおこしは、いかなる御用かと……」

「我々を数日ここに逗留させるよう交渉している。むろん、只でとはいわぬ」

謎の騎士がかるく首をふった。

すると、騎士の右うしろにいた別の騎士が、槍のさきに何かの袋のようなものをつけ、それをひょいとヒントンたちの目の前に投げ下ろした。チャリンと派手な音がして、どうやら中に入っているのは金貨であるらしかった。

「金貨で三十ランあるぞ。村長」

仮面の騎士がくぐもった声で云った。

「これで、我々光団第一大隊三百五十騎とその馬を二日、いや三日、この村でまかないを出し、馬の面倒を見てくれることは出来ぬか。これ以上は出せぬゆえ、それでは足りぬというのなら二日でもよい。だが通常の宿屋なら、一夜に一ターランはとるまい、よほどの高級な宿でもないかぎりな。――三日で一人一ターラン弱、悪くない商売のはずだぞ」

「は、はい、でもございましょうが」

ヒントンは狼狽しながら、

「まことに申し訳なきことながら、この村はまことに小さく、全部で十五戸しかござりませぬ。とうてい、三百五十人ものお客人を、屋根の下にお迎えするには……わたくしめの家に、無理にお泊まりいただいて五十人でございましょうか、あとはもっとずっと小さな開拓小屋でございますから、それぞれに、せいぜいお迎えできて五、六人というところで——三百五十人とは、とても、とても」

「ならば下の者たちは寝るところさえあれば、うまやでもなんでもかまわぬぞ」

「それに、そのう、わたくしどもはこんな小さな自由開拓民でございます。食物のたくわえもそんなにございませんし、お金を頂戴いたしましても、いまはちょうど収穫期でもございませんから、食べ物を買いととのえには、遠くカダインだの、オーダインだのにまでいってこなくてはなりませぬ。それが戻ってくるまでにかるく二日はたってしまうと思いますのでございますが……」

「無理だ、と申すのか」

銀色の丸い細長い球をかぶせて、そこに裂け目を作ったような不気味な仮面——その仮面の顔が、じっとヒントンのほうにむけられた。ヒントンはひるんだ——顔の表情がまったく見分けがつかぬのが、なおのこと不気味だった。

「我々に手荒なことをさせたいか？　我々は疲れ、空腹をかかえている。何があってもこの数ザン以内に今宵の宿と、それに食糧を手にいれなくてはならぬのだ」

「それはもう……わたくしどもで出来ることなら何でもいたしますが、ないものばっかりは……この村のものどもでも、食うてゆかねばなりませぬし、何もかも差し上げてしまったら、種もみも残せませぬ上、それに……」

「四の五のとうるさい爺だ」

いきなり、ぴしり、と鞭が宙に鳴った。

「ヒッ」

叫んだのはヒントンではなく、見守っていたナサエルのほうだった。長い黒い蛇のように鞭が舞ったが、それはヒントンを打ったのではなかった。しゅるしゅるとのびた鞭が、すぐヒントンの頭上にあった木の枝にまきつき、ぴしりとへし折った。それを、銀の騎士はするりと鞭を使ってヒントンの目の前に叩きつけたのだった。

「おのれらの都合を聞いているのではない。われらの都合にあわせられるかどうか聞いているのだ。出せる分がどのくらいあるか教えてくれればそれで考える。――それから、ひとこと云っておくが、この俺は血に飢えたゴーラの残虐王とはわけが違う。その若造の耳は切り落としたわけではないぞ。この鞭で打っただけのことだ――だがまあ、手練の鞭ゆえ、耳が裂けてしまったかもしれぬがな。うるさく騒ぐ愚か者には我慢がならぬ」

「おらは何もしてねえのに」

「黙ってろ、トマス」

ナサエルが怯えながらささやいた。

「静かにしてるだ」

「そのほうが利口だぞ。そのほうが父親か、父親のほうが年をくっている分、少しは賢いようだな。──さあ、村長、答えてもらおう。いますぐに供出できる食糧はどのくらいある」

「す、すぐにとおおせられましても──せいぜいが、村じゅうあわせても百人分がせいぜいかと……」

「百人分。それでは半分にも足りぬ。せめて二百人分は出せぬのか」

「し、しかし」

「騎士様にお答えせぬか！」

銀の騎士のうしろから、またきびしい声がとんだ。

「待て」

そのときだった。

銀の仮面をつけた騎士の、目──というより、銀の仮面の裂け目が、ふいに、人々のうしろから、怯えながらのぞいていた、フロリーとマリウスのほうに向けられた。

「待て。その者ら……」

ぶんと鞭が宙に舞った。あわてて老人たちが左右によけようとする。人々の壁がひらいて、誰もいなくなったまんなかに、フロリーとマリウスだけが立ちすくんでいた。

「こやつらは、この村のものか？　そうではないな？」

くぐもった声だった。

「あ――いえ、あの……」

「どこから見ても、この村の者であろうわけがないな。……何者だ！」

ふいに、それ自体まるで鞭であるかのように、騎士の声が鋭くなった。

「あの……」

「吟遊詩人のマリウス」

マリウスはさっとフロリーを背中にかばった。まっすぐに、ぶきみな銀色の仮面を見返す。

「たまたまこの村を訪れて、歌を歌い、サーガを語って商売に精を出しておりました。こちらはぼくの連れのローラ。……騎士様も一曲いかがですか」

「吟遊詩人のマリウス」

ゆっくりと、騎士がつぶやいた。

「いや……そうではあるまい。お前は……」

「え？」

「見つけた！　ついに見つけたぞ！」

そのとき――

再び、激しい叫び声が凍り付いたようなあたりの空気をつんざいた。

「《風の騎士》！　《風の騎士》殿！」

叫びながら、馬をとばして、中庭に、なみいる傭兵たちをかきわけるように飛び込んできたのは、さきほどヒントンの庭に先に訪れたあの五騎にまぎれもなかった。

先頭にたつ隊長は、興奮に顔を真っ赤に染めながら走り込んでくるなり、馬から飛び降り、銀色の騎士の前に膝をついた。

「ついにめぐりあうことが出来ました！　《風の騎士》殿、お探しいたしましたぞ！」

「貴殿は何者だ？」

《風の騎士》と呼ばれた仮面の騎士は、無表情な銀色の仮面をそちらに向けた。

「それがしは――ユエルスと申す者、かねがね、《風の騎士》殿がゴーラ王国の僭王イシュトヴァーンの不当にして残虐な支配を深く憎まれ、ついに兵をひきい、モンゴール独立奪還のため立ち上がられた、といううわさを風のたよりにきいて、なんとかそのご一統に参加させていただきたいと、ずっとずっとおんみをお探ししていた者。こちらの四名はそれがしと心を一にするモンゴール独立運動の戦士たち、いずれもかつては旧モンゴール騎士団の若手でありました者。《風の騎士》殿、おんみの光の騎士団の噂は遠くオーダインにまで響いております。ぜひとも、ご一統にお加え下されますよう。この通り、この通り」

ユエルスと名乗った騎士は、腰の剣を引き抜くなり、切尖をおのれに向け、柄を《風の騎士》に向けて差し出した。

がちゃり、と重たい音をたてて、《風の騎士》は馬から下りた。うしろで、《風の騎士》を取り巻いていた光団の騎士たちもいっせいに下馬する。なかなかよく訓練されていると見える。

(いまのあいだに逃げるんだよ)

ヒントン夫人がささやいた。だがマリウスはもう、ユエルスが駆け込んできてひとびとの注意がそれたと見たとたんに、そろりそろりとその場から、まずまた人混みのうしろに身を隠し、それからじわじわと建物の裏側にまぎれこもうとしかけていたのだ。マリウスが手をのばしてフロリーの手首をつかむと、フロリーはあわや悲鳴をあげるところだったが、かろうじてかみこらえた。

(逃げるよ。——落ち着いたらまたこっちに注意が戻る。そうなったら——まずいんだ。ぼくもきみも。あいつが誰だか知らないけど、いまは誰の注意もひきたくないだろ)

マリウスは囁き、そして、そのままフロリーの肩を抱くようにして、ヒントン家の母屋と納屋のあいだの細いすきまに入り込み、そこからうらてに逃げ出した。うしろでユエルスと《風の騎士》とのあいだになにやら言葉がかわされているらしいようすには心を残しながらも、急いでフロリーの肩を抱き、そのままヒントン家のうらてから、フロリーに教えられるままに森かげの道をぬけ、坂をかけあがって、船つき場に逃げ込んだ。

「さあ、舟を出すよ。急ごう」

フロリーを抱きかかえるようにして小舟に乗り移るなり、マリウスは、くるときのあののんびりと悠長な態度が嘘のように、櫂を激しくつかい、小舟を押し出した。湖水の上に出ると、もうあたりは深い森にへだてられ、まったくその向こうは見えない。ヒントンの家までは船つき場からは少しある。そこでどんな騒ぎがおきていて、この静かな村にあっという間に大勢の騎士団が入り込んできた、などということはもう、ここからでは全然見ることもできぬ。

「ヒ――ヒントンさんたち、ご無事でいられるでしょうか？」

歯の根のあわぬのを懸命に我慢していたようなフロリーが、ようやくかぼそい声を出したのは、舟が湖水のなかほどをこえ、あの中の島をこえてもう大丈夫と確信できたあたりだった。

「たぶん大丈夫だと思うよ。確かに鞭をふるったりしてひどく乱暴だったけど、たちまち掠奪を開始するっていうほどは無法でもなかったようだし。だってお金をあんなにたくさん無造作に出したじゃない？　お金のない傭兵たちが一番怖いからね。でも、なんだか……」

「え──ええ……」

「なんだか、気味のわるいやつらだったね……」

マリウスはちょっと、ぶるっと身をふるわせた。フロリーはやっとおおっぴらに、がちがちと歯をならしながらうなづいた。

「怖かった。──なんだか、わたくし、とてもとても怖かった……何がそんなに怖かったのだか、よくわからないんですけれど……ただ、ひたすら……」

「うん……」

「一番怖かったのは、わたくし……あの首領だったんです……」

「ああ、あの銀仮面ね」

「お前たち、って名ざされて──前があいてしまって、何者だ、っていわれたとき──からだじゅうの力が抜けてしまうような気がしましたわ。──あの場でそのまま気を失ってしまうくらい。……なんだか、異様に怖くて、怖くて……いったい、あの人たち、何者なんでしょう」

「光の騎士団、なんだろう？　そしてあの仮面の男はそれを率いる《風の騎士》。……あのユエルスってやつがそういってたもの」

「《風の騎士》……光の騎士団」

フロリーは不安そうにくりかえした。

「聞いたこともない……」

「でも、ゴーラの残虐王に対して、モンゴール再興をたくらむ、ってあのユエルスが云っていたよ。……だったら、モンゴール大公の侍女だった君にとっては、むしろ味方なんじゃあないの？」

「で、でも——そんなのは昔のことで……いまはわたくし、モンゴールとは何の関係もありませんし……むしろ、アムネリスさまにそむいて逃げ去った裏切り者ですから……本当に狂信的にモンゴールを元通りに大公国にしよう、などとねらっている人にとっては、一番許し難いような存在なのではないでしょうか……」

「かもしれないけど、でも、まだそんな、正体がばれてるわけでもなんでもないんだから、そこまで心配することはないんじゃないの」

マリウスはかなり無造作に云った。

「それにあの村の人たちが君の正体を知っているわけじゃあないいんだし。——君と、スーティの父親のね。……あ、そうか」

「え……」

「いや……なんでもないよ」

「お願いです。おっしゃって下さい、どうか。途中でやめたりなさると心配で……」

「君はもとモンゴール大公の侍女というだけで――べつだん、裏切り者といわれるほどのこともないと思う、そんな、つとめきれなくなって逃げ出したつとめ人なんて、いくらでもいると思うからね、あれだけ大きな宮廷なら。まして当のアムネリス大公ももう、亡くなってしまっていることなんだから。――だけど、スーティは……」

「ええっ……」

「スーティの父親が、誰だかということがばれたら……モンゴールをゴーラ王の支配から取り戻そうとするような反イシュトヴァーン勢力に知れたら、ちょっと……面倒なことになるかもしれないね――そう思ったんだ」

「え……ええっ……そ、そうでしょうか？」

「そうでしょうかって、そりゃ、そうなんじゃないの？　だってスーティはゴーラ王イシュトヴァーンのおとしだねなんだよ。イシュトヴァーンのもうひとりの子ども、正式に認められている王子はドリアン王子、まもなく王太子にして三代目モンゴール大公となるはずの、イシュトヴァーンとアムネリス大公とのあいだの子どもだ。それは反イシュトヴァーン勢力のモンゴール人たちにとっては、にっくいイシュトヴァーンの息子であると同時に、崇拝するアムネリス大公の遺児である、というとても複雑な立場だと思うんだよ。だけどいまは、旧モンゴールの反乱軍たちは、そのドリアン王子がモンゴール大公となることで、モンゴールが再興する、ということを夢見ているわけだろう？——だけどスーティはきみとイシュトヴァーンのあいだに出来た子ども、いってみれば、イシュトヴァーンにとっては仲の悪かったアムネリスの子じゃなくて、いっときは確かに可愛いと思った君の生んだ子どもでさ……グインもいってたじゃない。その子の存在を知ったらイシュトヴァーンはどうなるか、ドリアン王子よりも、可愛いと思ってしまうんじゃないかって……」

「そんな、そんなことありえないと思いますし……わたくしは決してイシュトヴァーンさまに、わたくしとスーティの存在を知らせるようなことはしないとミロクさまに誓いましたし……」

「君は誓ったってさ。——これは、大変なことかもしれないよ……脅すつもりじゃないんだけど」

フロリーがおののいた顔になるのをみて、あわててマリウスは付け加えた。

「大丈夫だよ。だけど、これがぼくたちのいないときにおきたことだったら、それこそ大変なことだろうけど、さいわいにして、いまはきみはひとりきりじゃない。ここにはぼくがいて——」

マリウスはさりげなく手をのばし、フロリーの手を握った。フロリーはよほど心細かったらしく、そのままマリウスの手にひしとすがりついた。

「そしてスーティはグインが守ってくれている。これほど心強い味方はいるもんじゃない。――ぼくはまあ、君の心のささえにしかならないにせよね。でも、少しは支えになってるのかなあ」

「まあ、もちろんですわ。マリウスさまがいてくださるのでなかったら、わたくし、こんな恐しいことが次々とおこったら……」

「きみは、本当にか弱いんだもんなあ」

マリウスは優しく云った。そして、またそっと櫂をこぐ手をやすめてフロリーをひきよせ、その唇をようやく暮れなずんできた湖水の上の、ゆらゆら揺れる小舟の上でなんなく奪った。フロリーのほうも、おとなしく抱かれているばかりか、多少、からだをあずけ、ゆだねるような気配が感じられたので、マリウスはますます満足であった。

「さあ、ついた。スーティが心配しているかな。それとも――グインがどのくらいスーティに悩まされているか……」

笑いながら、小舟をつけて、フロリーを助けあげ、そして窓に小さなオレンジ色のあたたかなあかりがともっている、フロリーの小さな丸太小屋へ、マリウスはフロリーを助けて急いだ。だが、そっと戸を叩いたとたんに、

「ナニモノダ！　わるものだな！」

スーティの元気いっぱいの声が、フロリーとマリウスまでをも微笑ませた。

戸があくと同時に、いきなりスーティが棒きれの剣をふりかぶっておそいかかってきたので、マリウスは悲鳴をあげるところであった。

「こら、何をするんだ。この小悪魔め」

「コリャ」

スーティが叫んだ。

「このこわ……くまめ。くまたん……どこ？」

「まあ、グインさま」

おろおろしながらフロリーは叫び、あわてて中に入っていった。

「どうしましょう、この子、とても手をやかせたんではございません？」

「そんなことはない」

グインは笑っていた。スーティは、しきりとマリウスを棒でぶん殴っていたが、とうとう本当に怒り出したマリウスが追いかけて棒を取り上げようとすると、あわてふためいてグインのうしろに逃げ込んだ。

「ぐいん、わるものおっかけてくるよ！　ぐいん、やっつけちゃってよ！」

「あらまあ」

フロリーは吹き出した。

「この子、すっかり……グインさまになついてしまいましたのね？　わたくしをみても見向きもしませんわ！」

「我々はたいへん楽しい午後を過ごした」

重々しくグインが云った。だがその目は笑っていた。

「スーティと俺はなかなか気が合うようだぞ。まずはスーティに剣を教え、それから……」

「まあ、どうしましょう」

途方にくれてフロリーが叫んだ。

「そうだわ。結局わたくし、ガウシュまでいったけれど何も食べ物を手にいれられなかったんでしたわ。とてもいろんなことがあって……」

「おお、そう、大変なんだ、グイン」

マリウスも叫んだ。みなが口々にグインにいろいろなことを報告しようとするさまは、まるで、頼もしい父親にむらがる小さい子どもたちのようであった。

「どうしよう。皆様さぞお腹がおすきでしょうに……ああ。わたくしったら」

「案ずることはないぞ、フロリー」

グインが笑ってテーブルの上を指さした。フロリーの目がまんまるになった。そこには、きれいに羽根をむしって下ごしらえされたかなり大きなヤマドリが二羽、よこたわっていたのだ。

「ぐいんがとったんだよ。ぐいんがワナでとったんだよ。自慢でならぬように――まるで自分の手柄みたいにスーティが叫んだ。

「フロリーどのは血なまぐさい仕事は弱そうだと思って臓物も処理しておいた。こんなことがおのれに出来るとは知らなかったがな。晩飯にはこれで充分だろう」

「まあっ」

フロリーは叫んだ。

「なんて素晴しいんでしょう。これなら晩ご飯どころか明日の晩まで充分です。では早速お料理にかかりますわ――なんてすごいんでしょう。グインさまといると、なんだか何もかもがまるきり違うようになりますわ。本当に」

「そのあいだにぼくの話をきいてよ。大変なことがおきたんだから」

マリウスも叫んだ。どうやらフロリーの丸太小屋には、たとえ湖水の向こうで何がおきていようと、もうひとつ静かで平和な夜が訪れるようであった。

あとがき

ということで、早いものでもうなんと「百四巻」となってしまいました。なんとなく、あの「百の大典」がついきのうのような気がしていたのに、あれは桜が満開の九段会館でしたから、それからもうあっという間に夏がきて、夏が逝って、そして秋になってしまったんですねえ。これを書いている今日はちょうど台風のまっさかりで、といってもこのあたりにはまるきり雨もぱらぱらって感じでしかないのですが、きのうは杉並のほうで集中豪雨の冠水があったとやら、その前にはニューオリンズでかのハリケーン「カトリーナ」の大被害がありましたし、その前には大きな地震があいついだし、なにやらただごとならぬ不穏な気配をはらみつつ、酷暑とおっそろしい高湿度だった夏が過ぎて、ようやく残暑の候になろうとしている、というところです。

百三から新しいお話がはじまりまして、百三、百四、百五とかなり矢継ぎ早な展開になってきた気がしますが（って、百五の話するなって？（^^;）まあかなり意外性はある展開になってきたんじゃないかと思いますけれどもね（笑）しかしこうなってくると、いよいよこの先いったいみんなどうなってしまうんだろうか、見えませんねえー。本来この少し先にはもう、「七人の魔道師」がいるはずなんですから、とりあえずそこまでは道筋、ついているはずではあるんだけど、なかなか、なかなか。それにしてもこのところ「新しい登場人物」といいますか、まあ、第二世代が多くなってきまして、これにはやっぱり月日のうつろいを感じてしまいます。竹宮恵子さんの「変奏曲」は、やはり第二世代どうしで「カノン」とか、その後日談みたいなのがありますが、実は私、けっこう「～の子供たち」という趣旨のお話は好きでして、「赤毛のアン」シリーズって、後半になってくるともうアンもギルバートも落ち着いた幸せなご夫妻になっちゃってるので、たまに波風がちょっとたつことがあるんですが、それよりも子供達のお話になってくる。「第九赤毛のアン」あたりになってくると、「おとなりの牧師館の子供達」ってのが登場してきて、あと新婚時代のアンが登場する「アンの夢の家」で大きくからんでくるレスリー・ウエストの息子とか、それで結局そのあたりがみんなカップルになってきて、ほおうと思うんですが、「第十赤毛のアン」つまり「アンの娘リラ」になってきますと、アンの末娘リラとレスリーの息子のケンのロマンスになってきたりして、まあこの話は背景に第一次世界大戦がからんでいてかなり異色の作品ですが、私はけっこうこのあたりの話、好きなんですねえ。そういえば「大草原の小さな家」ってどうだったんだっけな、たしか、ローラには娘さんひとりしか生まれないんですよね。でもってその娘さんは結婚しなかったので、そういう話には発展してゆかないんですねえ。なんとなく「第二世代の話」が好きだっていうのは、年とったせいかとも思いますが、そうでもなくて、昔から私は編年体というか、年代記というか、そういう話がとても好きだったみたいです。意外な人物と意外な人物が意外な結びつきをするとか、そこでまたあらたな物語のページがはじまるとか、前のお話のときにはまったく赤の他人であったものが、次のお話のときには切っても切れない恋人どうしになっており、またさらに違うお話のときには遠く離れてしまっているとか、そういうのにすごくひかれてしまうみたいです。

実は時のたつのを感じる理由ってのももうひとつありまして、もうサイトなどでご存知かとは思いますが、一九九四年に立ち上げて以来、十年間を過ごしてきました、神楽坂の天狼プロダクションに、八月三十一日をもって別れをつげまして、新生天狼プロとして、港区は田町に引越したんですよね。まあいろいろと事情もあったのですが、なにせ「神楽坂」という場所そのものが、「神楽坂倶楽部」だの、「神楽座」だのと切っても切り離せないイメージがあっただけに、かなり冒険だと思いましたけれど、引っ越してまだ五日、いまのところ何もかも新しく、それこそ再出発の意気に燃えて、「ああ、何もかもこれでよかったなあ」と思っております。もっとも「神楽坂倶楽部」の名前は残しておくことにして、あえて「田町倶楽部」とはかえないつもりでおりますけれどもね。まだ本当には落ち着いたわけじゃなくて大騒ぎの最中ってところではあるんですが、それにしても、引っ越して良かったなあと思うこと切でありまして、結局ここにたどりつくことになったのか、ととても不思議な気分になっています。いや、実は、天狼プロダクションは神楽坂が最初ですけれど、中島事務所のほうは、飯田橋の駅前のビルにあったワセダミステリクラブＯＢたちの作った出版社「綺譚社」に机を間借りすることからはじまって、同じビル内の同じフロアの違う室、それから違うフロアのちょっと広い室、それからもろもろの事情があって練馬区関町などというところに唐突に二年くらいうつり（これはちょっと実をいいますとお金を借りる都合だったんですけどね）それからそこを引き払って西小山に事務所を開き、それから何年からだろう、天狼と同じころからでしょうか、赤坂の古い古いビルに移りまして、ここが移転しようとすると変な事件がおきるもんだから、「壁」なんていうホラーを書いてしまったりしましたが、ここもけっこう長かったですねえ。それからまあ、うちの近所に倉庫兼のって感じで一室借りていたり、そこに知人が入ることになってその隣を借りたりとか、いろいろあったのですが、そして最終的に結局、まだそこは借りてるのですが、おいおいにそこも引き払って田町で一本化したいな、と思っているんですけれども——浪漫倶楽部発行の「浪漫之友」もお陰様でかなり順調ですし、通販のほうもこのさきどんどん拡大してくるだろうと思いますし、かなり業態ってんですか、それもこののち変わってゆくだろうと思いますので、それにあわせての移転です。

しかし、自分が選んで引越したはずだったんだけれど、天狼をはじめたときには私もちょっといろいろあって、なかなか自分の思い通りにってことが出来ず、というかあのころには、何が一番いいのかもよくわからないままほとんど無我夢中だったですねえ。それでまあ、最初にできたさまざまなひずみみたいなものをそのままにして、強引にあちこちとりつくろったりほころびをおさえたりしながらやりつづけてきてしまったので、いまこうしてあらためてゼロから自分の好きなように、やりやすいように、自分のイメージどおりに出来るようになって、なんか物凄く嬉しかったですね、この引越しは。スタジオは確かに狭くなったんですけれど、リハだの小さなライブをやるにはとても手頃なスペースになったと思うので、これからはそういったものを週末に手がけていったりもしたいと思うし、むろんそういうふうに貸しスペースとしても使ってゆきたいと思うし。ことに最大の違いは「オーナー室」と申しましょうか、「私の室」が出来たことで、これが何よりでしたねえ。まあそこは一応応接間兼用ってことになっておるんですが、自宅をリフォームして自分の部屋が出来たときにも私、自分がかなり変わった、て気がしたんですが、今度のも相当変わるだろうなって気がしています。そういえば息子もやはり、リフォームして小さいながらも自分の部屋が出来たら、ぴたりと「下宿する」とかって云わなくなっちゃいましたねえ（笑）やっぱり、人間、「自分の城」「自分のテリトリー」がないと駄目なんだ、ってことでしょうかねえ。それだけに、「カトリーナ」の被害をうけてアストロドームとかに集められ、簡易ベッドをぎっしり並べてそこで生活させられている人々の気持ちを考えるとなんともいたたまれないものがあるんだけれど。本当に「自分の場所」ってのは大切なんだなあと思います。

でもとにかく、十年を一区切りと考えるなら天狼はじめてちょうど十年、まさにちょうどよかったんだろうな、と思います。その十年前は「グイン・サーガ炎の群像」のプロジェクトが動き出したときで、「五十巻記念ミュージカル」だったんですよねえ。きょうたまたま、その「炎の群像」に出ていたキャストさんのひらいたダンススタジオの発表会の通知なんかがきていましたけれど、それから十年、という年月は、いろいろなひとびとにそれぞれの運命を激変させつつ、大きな影響を与えていったんだろうと思います。私も、また、ですね。

そしていつかまた「百巻のときのこと」も思い出として懐かしくふりかえることになるんでしょうが――いや、たった四巻きただけでももうそういう気分になったりもしますけれども、でもまだいまはあらたな天地に入ったばかりで、かけ続けよう、と思います。あんまり年をとりすぎてしまって、「もう動けない」ということにならないうちに、ちょっと身軽に動いておきたかったのですが、いまはとてもよかったと思っています。このあらたな移転が、新天地を開いてくれることを切に祈っているきょうこのごろです。

ここにきていっそう「浪漫倶楽部系」の活動に力が入ると思いますので、ぜひ「浪漫之友」また「天狼叢書」をも御贔屓にお願いいたします。この百四巻が出るころには「浪漫之友」も無事三巻が出ているころです。いまからでも間に合いますし、暮れには増刊号も予定してますので、ぜひ定期購読、お申し込み下さい。連載中の新撰組外伝「副長」がすごくHだと（爆）評判であります（笑）

お申し込み先その他は変わりまして、このごとくになりました。

★天狼プロダクション新連絡先
〒108-0014
東京都港区芝4-4-10　ハタノビルB1F　（株）天狼プロダクション
TEL　03-5443-6297
FAX　03-5443-6491

また恒例の読者プレゼントは、加來英彦様、後藤まさみ様、松崎富士子様の三名様です。

それでは、お手元にこの本が届くころには残暑は終わっているかと思いますが、何かと災害の多いきょうこのごろ、いろいろとお気をつけてお過ごし下さい。ではまた百五巻でお目にかかりましょう。

二〇〇五年九月六日（火）

神楽坂倶楽部 URL
http://homepage2.nifty.com/kaguraclub/

天狼星通信オンライン URL
http://homepage3.nifty.com/tenro/

天狼叢書の通販などを含む天狼プロダクションの最新情報は、天狼通信オンラインでご案内しています。

これらの情報を郵送でご希望のかたは、長型 4 号封筒に返送先をご記入のうえ 80 円切手を貼った返信用封筒を同封して、お問い合わせください。（受付締切等はございません）

〒108-0014 東京都港区芝 4-4-10　ハタノビル B1F
（株）天狼プロダクション情報案内グイン・サーガ 104 係

「浪漫之友」定期購読申し込み受付先
BWA14307@nifty.com まで、郵便番号・住所・氏名・電話番号・購読開始希望号を明記してお申し込み下さい。
郵便の場合は、80 円切手を貼った返信用封筒を同封して下記の宛先までお申し込み下さい。
〒108-0014 東京都港区芝 4-4-10　ハタノビル B1F
（株）天狼プロダクション「浪漫倶楽部事務局」係

珠玉の短篇集

北野勇作どうぶつ図鑑（全6巻）
北野勇作
短篇20本・掌篇12本をテーマ別に編集、動物折紙付きコンパクト文庫全6巻にてご提供。

五人姉妹
菅　浩江
クローン姉妹の複雑な心模様を描いた表題作ほか〝やさしさ〟と〝せつなさ〟の9篇収録

象《かたど》られた力
飛　浩隆
T・チャンの論理とG・イーガンの衝撃――表題作ほか完全改稿の初期作を収めた傑作集

西城秀樹のおかげです
森奈津子
人類に福音を授ける愛と笑いとエロスの8篇日本SF大賞候補の代表作、待望の文庫化！

夢の樹が接げたなら
森岡浩之
《星界》シリーズで、SF新時代を切り拓く森岡浩之のエッセンスが凝集した8篇を収録

ハヤカワ文庫

著者略歴　早稲田大学文学部卒
作家　著書『さらしなにっき』
『あなたとワルツを踊りたい』
『火の山』『ヤーンの朝』（以上
早川書房刊）他多数

HM = Hayakawa Mystery
SF = Science Fiction
JA = Japanese Author
NV = Novel
NF = Nonfiction
FT = Fantasy

グイン・サーガ⑩④

湖《こ》畔《はん》のマリニア

〈JA818〉

二〇〇五年十月　十　日　印刷
二〇〇五年十月十五日　発行
（定価はカバーに表示してあります）

著者　栗《くり》本《もと》薫《かおる》
発行者　早川浩
印刷者　大柴正明
発行所　株式会社　早川書房
郵便番号　一〇一 - 〇〇四六
東京都千代田区神田多町二ノ二
電話　〇三-三二五二-三一一一（大代表）
振替　〇〇一六〇-三-四七七九九
http://www.hayakawa-online.co.jp
乱丁・落丁本は小社制作部宛お送り下さい。
送料小社負担にてお取りかえいたします。

印刷・株式会社亨有堂印刷所　製本・大口製本印刷株式会社

ISBN4-15-030818-7 C0193